白銀の
救世機
XESTMARG OF SILVER SNOW
天埜冬景　イラスト・メカニックデザイン：黒銀

「に、人間だと!?
まさか、旧人類《プロト・カインド》……!?」

―イデアの力の究極型よ！」

「人の心が生み出す奇跡」

ナユキ
ミーネ

CHARACTER
XESTMARG OF SILVER SNOW
アレン
リスティル

# CONTENTS

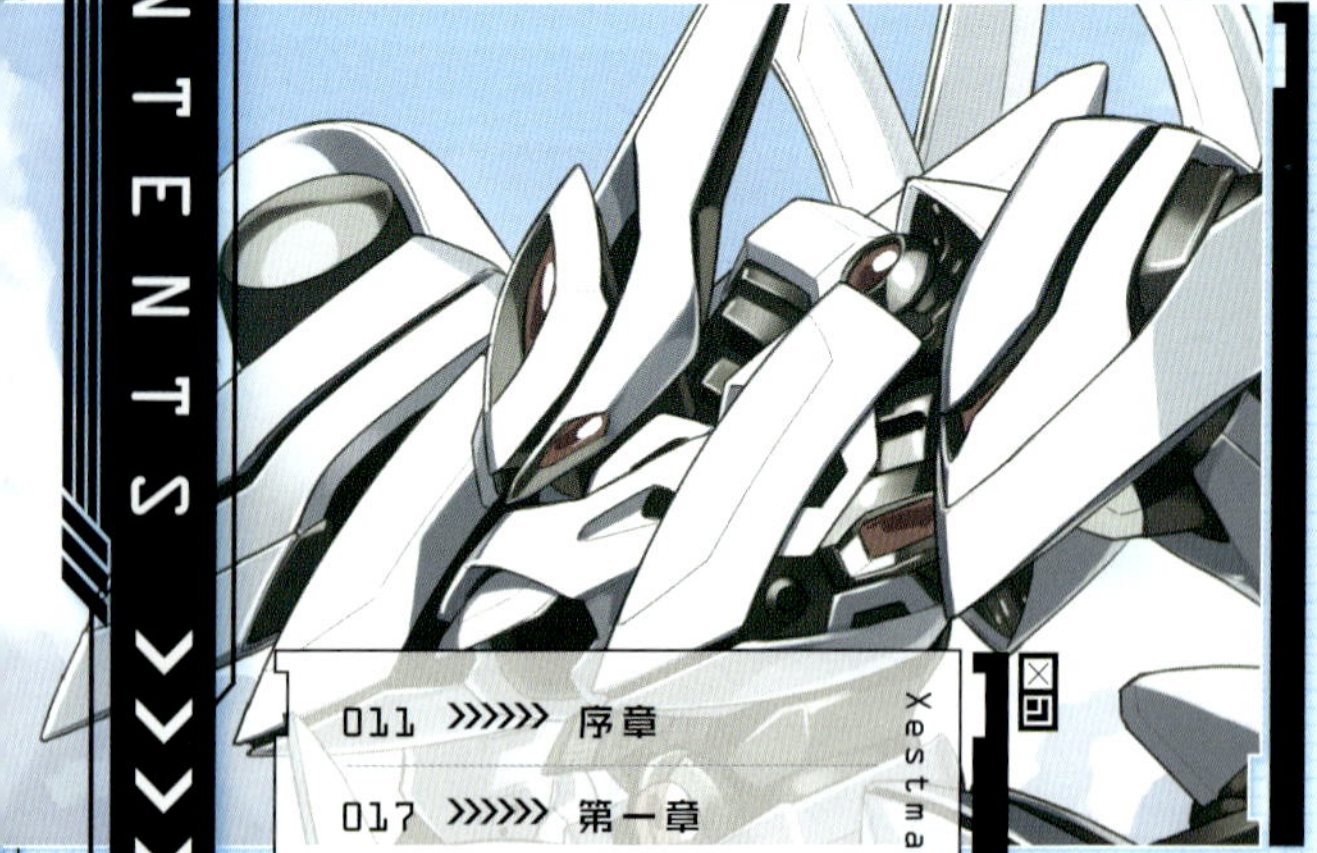

Xestmarg of silver snow

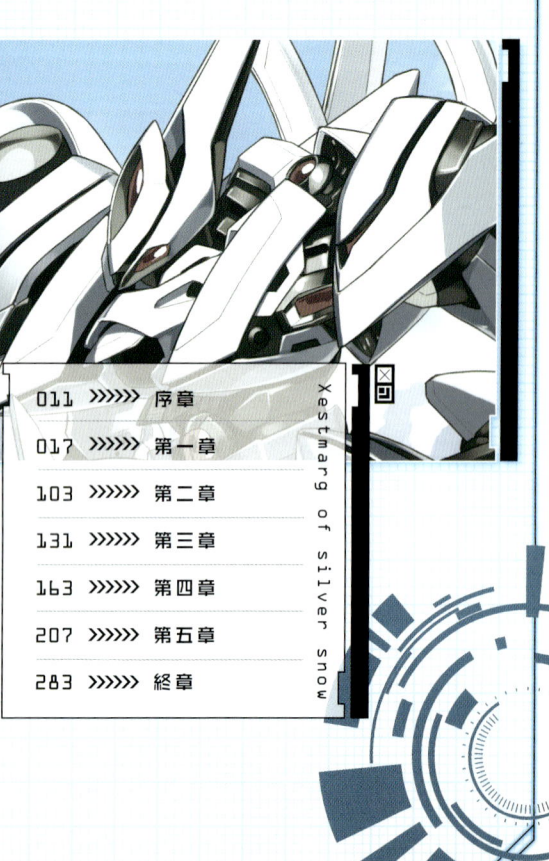

# 白銀の救世機《ゼストマーグ》

天埜冬景

MF文庫J

カバー・口絵　本文イラスト●黒銀

序章

# Chapter: pr

Xestmarg of silver snow

「ねぇ、那雪《なゆき》。どうしてゼストが二人乗りなのか、知ってる？」

狭く薄暗いコクピットの中。後ろの座席に座る留美《るみ》さんが、モニターと計器類の灯りに顔を照らされながら、不意にそんなことを口にした。

「いきなりどうしたの、留美さん。それより、計器のチェックは？」

「もちろん終《お》わってますとも。そんなことより、那雪の方が心配だよ」

思ったままを口にしたあたしの頭を、留美さんがわしゃわしゃとなでる。

「難しい顔しちゃって。眉間《みけん》に皺《しわ》寄せてたら、せっかくの可愛《かわい》い顔が台無しだよ？」

でも、仕方のないことだ。《やつら》との戦いは激しさを増す一方で、誰《だれ》もが疲弊しきった表情を浮かべている。情けないことに、あたしもその一人だ。

そんな中、一人だけ笑顔を失わずにいる留美さんは、やっぱりすごい。彼女が最強の戦士と呼ばれ、慕《した》われる理由も、きっとこういうところなんだろう。

「お。那雪ってば、やっと笑ったね。そうそう。ゼストのコクピットに座るってことは、みんなの希望になるってことなんだから。いつも前向きな気持ちでいなきゃダメだよ」

振り向いたあたしの額に人差し指をとん、と当てて、いつものように留美さんが笑う。

「……そうね。留美さんの一番弟子のあたしとしたことが、とんだ失態だわ」

そのとき、コクピット正面のモニターに、女の子の顔が表示された。たしか、あたしより年下だったはず。まだ幼さの残るあどけない目元に、くっきりとクマが浮かんでいる。

「留美さん。整備班です。調整したいので、機体の腕を少し動かしてみてもらえますか？」

「ん。りょーかい」

留美さんが答えると、モニターの中で大きな腕が動く。あたしたちを乗せた、全高二十メートルの鋼鉄の巨人。その足下では、大勢の整備員が慌ただしく作業をしていた。

「もう十年、か……」

留美さんにしては珍しい、しみじみとしたつぶやきだった。

「知ってる？　昔はね、あれくらいの歳《とし》の子は、みんな学校に通ってたんだよ」

作業に没頭する整備員の女の子へ、留美さんはどこか寂しげな視線を向ける。

「それくらい、あたしだって知ってるよ。……忘れられるはず、ない」

あの日。小さかったあたしの目の前で、全《すべ》ては失われたのだ。

大好きな家族も、あたたかな家も、大切な日常も――ぴかぴかの、赤いランドセルも。

その点、留美さんがうらやましい。ほんの少しだけでも、学校に通えてたんだから。

「三歳の差って大きいよね。なんか、ちょっと悔しいかも」

「そっか。ごめんごめん。……でもね。きっとあの子たちは、学校の存在すら知らないんだよ。それは……すごく悲しいよね」

整備班のあの子だけの話じゃない。もっと小さな子たちも、いろんな形で戦闘の支援を義務付けられている。

生き残った人類は、わずか千人足らず。対する《やつら》は――考えたくもない。

あたしたちにできることは、抗《あらが》うことだけだった。終わりの見えない戦いの中で、日に日に失われていく命を数え、少しずつ絶望に飲み込まれていく……。

だけど、この機体はそんな状況を変えた。

人類が全《すべ》ての力を注ぎ込んで作り上げた、救世の神。

あたしたちは、必ず勝つ。勝って生き残るんだ……！

決意を新たにモニターを見据えると、そこにオペレーターの顔が表示された。発進準備が整ったのだ。

「那雪《なゆき》。あれ、やろっか」

留美《るみ》さんの呼びかけに振り向いたあたしは、無言でうなずいて、胸に手を当てた。

『この心と、守るべき人々に誓う！　絶望を希望に変え、未来をあきらめないことを！』

それは、あたしと留美さんが常に抱く誇り。苦しいときに胸を張るための特別な言葉。

だけど——二人でそれを口にした直後、警報が鳴った。

「こ、これまでにない敵の数です！」

オペレーターの上ずった声。今までのどんな時よりも、緊迫感を伴っていた。

「そんな……！　発進口全てが敵に占拠されました！」

「な……っ！」

悲鳴を、なんとか喉元《のどもと》で堪《こら》えた。あたしが動揺したら、みんなが不安になる。

そこへいくと、留美さんはさすがだった。いつもとまったく変わってない。

「んー、わかった。できるだけ手薄なところを教えてちょうだい」

「手薄と言われても……最低でも敵影は百を超えていますよ⁉」

「だいじょうぶ。なんとかなるなるって」

留美さんはVサインをしながら、にっこりと笑う。

それは本当に頼もしくて、太陽のようで——だから、あたしも自然と笑顔になる。

「さて、と……行こっか、那雪」

「うん、留美さん」

二人なら、怖いことなんてなにもない。

『ゼストマーグ、出撃!!』

二人の声と共に、カタパルトで加速した機体は、敵がひしめく発進口へと向かっていく。

——このときのあたしは、まだ知らなかった。

これが、留美さんの見せた、最後の笑顔になるなんて。

# 第一章

# Chapter: 01

## Xestmarg of silver snow

口の中に広がる冷たさを感じながら、アルツは不意に顔を上げた。

広い食堂の中には長机がいくつも並び、揃《そろ》いの制服を着た男女がただ黙々と食事を続けている。彼らの目の前には一様に同じ食器と、同じ食事が並んでいた。

白い雪。さらには器もスプーンも、机や建物すらも、全《すべ》て雪を圧縮加工して生成されたものだ。見渡す限りの、雪、雪、雪――。当たり前のはずのその光景に、アルツは急に違和感を覚えたのだった。

細かな六角形の結晶で形成されたスプーンで、同じく雪の器に盛られた雪をすくい、口に運ぶ。味も何もない。口腔《こうくう》内の熱に溶かされ、喉《のど》の奥へと流し込まれていくだけだ。

もっとも、この世界に味のある食事なんてものは存在しない。人間に味覚があることはアルツも知識として知ってはいるが、「味そのもの」の存在はもはや、データの中で凍り付くだけの過去の遺物と化していた。


ここは《冬世界》。決して溶けることのない雪に覆《おお》われた白銀の風景。


ことの起こりは、三百年前に遡《さかのぼ》る。

かつて《夏世界》と呼ばれた、四季の彩り華やかな大地を、突如として雪が覆った。

ただの雪ではない。季節を問わず降り続け、物理的な熱では決して溶けることのない『アウター・スノウ』は、大地を白銀の幕で覆い尽くし、その様相を一変させた。

全ての緑が凍りつき、食料の供給量はほぼゼロに近い数値へと変動。たちまち全世界を深刻な食糧難が襲った。

だが、災厄はそれだけではなかった。『アウター・スノウ』を食料として活動する未確認生命体・ＸＥＮＯ《ゼノ》が、人類の前に姿を現したのだ。

彼らはその頃の地球では考えられないほどの巨躯《きょく》を持ち、かつて栄華を誇ったとされる太古の生命・恐竜になぞらえて認識されるようになった。

トリケラ、ブラキオ、ティラノ。その個体識別名に、恐怖と、絶望を込めて。

――ＸＥＮＯは熱源に反応し、攻撃的になる性質を備えていたのだ。

全世界のありとあらゆる施設を、人間を、生命を襲ったＸＥＮＯの猛威により、人類の文明は一時、原始の時代へと逆行した。

そのまま滅亡するかとすら思われた人類は、しかし、思わぬ反撃の一手を打った。

すなわち――人類のＸＥＮＯ化。残された至高の科学技術を用いて、『アウター・スノウ』を摂取して活動する生命体・ゼノイドへと人工的な進化を遂げたのだ。

それは言わば、世界の頂点たる霊長類としての最後の誇りであり、意地であり――新たな生命体・ＸＥＮＯへの敗北の証《あかし》でもあった。

アルツがぼんやりと思い浮かべていたそれらの知識は全て歴史的な事実であり、共通認識であり、過ぎ去った過去の出来事であり――また、現在進行形の事項でもあった。

冬世界歴311年。人類はいまだXENO《ゼノ》との戦いを続けている。

だが、それを嘆くような声は聞こえない。アルツの左右に、周囲に並んで座る同じ年頃の男女は、ただ黙々と目の前の食事を続けているだけだ。

けれど、アルツはスプーンを持ったまま動くことができなかった。

「何故《なぜ》、雪を食べているのか」

不意に浮かんだその違和感は、機械的とすら表現できるようなその集団の内部における、明らかなエラーだった。

例えるならば、純白の世界に一滴、墨を垂らしたような。ノイズなんて言葉では足りない、明確な異常――孤独。

（……こんなことを考えるから、俺《おれ》は駄目なんだな）

小さくため息をついて、アルツは食事を再開する。

周囲と同じ動作。口の中に広がる冷たさ。それこそが、この世界における「正常」。

《――緊急警報ランク・ガンマ。繰り返す、緊急警報ランク・ガンマ。侵攻中のXENOが第二次防衛線を突破。要塞《ようさい》都市『アカツキ』に存在する全《すべ》ての機士、及び訓練生はこれを迎撃せよ。以上――》

施設内にサイレンの音が鳴り響いたのは、アルツが食事を終《お》え、食堂を後にしたときのことだった。放送と共に、周囲の男女は一斉に通路を駆け出した。

混乱してのことではない。人々は統制の行き届いた、迷いのない動きで目的の場所へ、それぞれの与えられた仕事へと向かっているだけだ。

うねるような人の流れの中、たった一人、取り残されるように立ち尽くしていたアルツもまた、彼らと同じように己の役割を果たすべく通路を走り出した。

向かう先は、第十七格納庫。そこには人類がＸＥＮＯと戦うための剣がある。

――全力で走りながら、ふと横を見やる。

銃座だ。気密性を最優先し、全面をくまなく壁に覆《おお》われた建物の中、そこは例外だった。雪の分子配列を整え透過性を持たせた外壁は、眼下の景色をアルツに見せる。

その広々とした演習場には、今、多数の機動兵器が展開されていた。

ゼノ・トランサー。人類が対ＸＥＮＯ用に開発した巨大兵器である。人体をデフォルメしたようなフォルムの中、目を惹《ひ》くのは両手に握られたストックと、両足の脛に装着された板状の装置だ。

特筆すべきは、その機構――変形である。脚部を折り畳んで腰を落とし、脛の板を雪面に接地。ストックは脇に挟んでジョイントで固定。重心を低く安定性を高め、空気抵抗も軽減した高速滑走形態《クローチング・フォーム》へと移行し、次々と出撃していく。

かつて人類は、雪山を滑走することを娯楽にしていたのだという。そのときの装備や技術を応用し、機動力として用いるのがゼノ・トランサーという兵器の最大の特徴だった。

それは白銀の雪に覆われた世界を、縦横無尽に滑走した。大小様々な六角形のパネルを組み合わせた形状の装甲。その隙間《すきま》から覗《のぞ》く剛健な筋繊維《きんせんい》。冬世界の象徴とも言えるその兵器を操り、人類は日夜、XENO《ゼノ》との激しい攻防を繰り広げている。

ここ、要塞《ようさい》都市『アカツキ』は人類の最後の砦《とりで》であり、そこに所属する人員は全《すべ》て、ゼノ・トランサーの乗員たるべく鍛え上げられる『機士』だった。訓練生として格納庫へ走るアルツも例外ではない。

「っ……！」

突如、周囲を揺るがすほどの轟音《ごうおん》が響き渡った。

衝撃に、アルツの身体《からだ》は巨大な窓に押し付けられる。何が起こったのか、状況を確認しようと窓の外を見回す彼の目に飛び込んできたのは、衝撃的な光景だった。

「氷、だと……!?」

信じられない、と言葉を震わせる。

演習場に展開された戦場を穿《うが》つのは、巨大な氷塊だった。命中時の衝撃の大きさを物語るように舞い上がった白い雪の向こうには、その圧倒的質量によって押し潰《つぶ》されたゼノ・トランサーが確認できる。

ぞわり、と背筋が凍るのがはっきりとわかった。

「XENOの攻撃……!?　あんなに巨大なものを、視界の外から!?」

これはただの狙撃ではない。そんな単純な言葉で表せるようなものであるはずがない。

圧倒的な力と、破壊。人類が相対する危機の象徴であるかのような光景。アルツは呆然《ぼうぜん》と、窓の外を見つめることしかできなかった。

その頭上を、黒い影が駆け抜けた。

緊急発進用の尖塔《せんとう》の頂上から、急斜面を滑走して加速。華麗な跳躍後、人型に変形して器用にバランスを調整し、窓の外に広がる強固な都市防壁を飛び越えていったその機体を、アルツはよく見知っていた。

「リステル……！」

青いカラーリング。背部の兵装支持架《ハードポイント》に近接武器ばかりを搭載した、極端な戦闘スタイルが特徴的なゼノ・トランサー。アルツの妹・リステルの機体だった。

だが、滑空を続ける彼女の機体に、今また襲い来る氷の塊《かたまり》――。空中での回避機動は不可能。被弾は必至の状況だ。

「危ないっ！」

アルツの脳裏をよぎるのは、先ほどの大破した機体の惨状だった。

だが、アルツの心配は杞憂《きゆう》に終《お》わった。リステル機は手にしたストックを、トンファーの要領で真横に一閃《いっせん》。氷塊はあっけなく両断された。

「……さすがだな。零距離戦闘《アブソリュート・ゼロ》の女王の機士名は、伊達《だて》じゃないということか」

妹の階級は準機士。アルツを追い越し、訓練学校を飛び級で卒業した優等生であった。

とりあえずの妹の無事を見届けたアルツは、急いで己の仕事へと戻った。

薄灰色の空から降り続ける雪を受け身体をうっすらと白く染めながら、格納庫である巨大な建物の前に到着すると、続々と機体が出撃している最中だった。

操縦技術が未熟な訓練生は事故の危険性が高いため、緊急発進時の跳躍が許可されていない。出撃は自走式、つまり、都市の中を滑走し、門をくぐるというタイムロスを余儀なくされた。すなわち、訓練生は最初から戦力として期待されていない。

だが、今回その訓練生にすら招集がかかるということは、まさに非常事態なのだろう。

「くっ、出遅れた……」

続々と発進する機体が巻き起こす暴風に身体《からだ》をあおられながらも、アルツはなんとか格納庫内に転がり込む。そこには今、アルツの機体だけが取り残されていた。

パイロット・スーツに着替える手間すら省き、緑色のカラーリングが施された機体の腹部コクピットに搭乗。無骨なバーを降ろして身体を固定すると、操縦用の脳波センサーを装着するため、それまで深々と頭部を覆《おお》っていた制服のフードを下ろす。

露《あら》わになった髪の色は、緑。髪色と機体色を統一するのが慣例だ。

アルツは機体制御のプログラムを脳内で組み立て、脳波に乗せて送る。

【main() { char c; int age, weight1, occupation_code; double standardScore = 0.0; }――】

――起動。低く唸《うな》るような震動音と共に、機体はアルツの意志の制御下に置かれる。

機体が移動しやすいように、格納庫の床は雪で覆われている。アルツ機は、両手に握られたストックで雪面を軽く漕《こ》いで出口へと滑り出す。

「アルツ機、発進する」

ストックの先端から、圧縮空気が放射された。ジェット推進の要領で加速した機体が、都市内を滑走していく。

　機体のカメラが捉《とら》えた映像を投影するモニターには、同じように戦場へ向かう数多くの機体が映っている。その多くはアルツと同じ訓練生だが、機体制御に迷いはない。死地に等しい戦場に赴くにもかかわらず、だ。

（……初めての実戦、か。だが、あんなものを相手に、俺《おれ》は戦えるのか？）

　恐ろしいほどの速さで流れていく市街地の景色を目にしながら、アルツは不意に、そんな不安を思考化してしまった。

　敵の放った氷塊により潰《つぶ》された機体の姿が、脳裏に浮かぶ。その一瞬の集中力の乱れが命取りだった。左右のストックの出力バランスが崩れ、機体がゆらりと進行方向を乱す。しまった――と、思う間もなく建物に衝突。機体は横転。瓦礫《がれき》の中に埋もれてしまった。

　コクピット内のアルツも衝撃で揺さぶられ、わずかな間、意識が混濁《こんだく》する。

「……うっ。な、なんだ。ぶつかった、のか……？」

　ようやく現状を認識できたアルツは、機体を起こすべく思考プログラムを組み上げる。が、返ってきたのは命令信号拒否《コンパイル・エラー》。機体は痙攣《けいれん》するようにもがくだけだった。

　その横を、後続の機体が颯爽《さっそう》と滑走していく。アルツを助けようとする者は誰《だれ》もいない。

　やがて、爆発のような音が響く。都市の防壁が破られたのだと、すぐにわかった。

　苛烈《かれつ》さを増す戦闘。砲台を満載した兵装施設が起動し、アルツ機の直上で立て続けに発砲音を放つ。それをものともせずに向かい来る、重苦しい足音。

見えない恐怖に、ついにアルツは叫んだ。

「くそっ！　動け！　動いてくれ!!」

そうして、いったいどれだけの時間、機体を制御しようと試行錯誤を繰り返したのか。

《――緊急警報、解除。侵攻中のXENO《ゼノ》の討伐に成功。繰り返す――》

戦闘終了の放送を聞いたアルツは、「くっ……」と、短くうめいた。

その後の言葉は、口にすることすらできなかった。

アルツ・ジオフロストの初出撃は、戦線に加わることもなく、さらにはXENOの姿もその目で見ないまま、こうして終《お》わった。

彼は、妹と比べることすらためらわれるような――劣等生だった。

※　※　※

「出撃記録は確認した。管理番号CDIP・043、アルツ訓練生、君に発言権をやろう。弁明はあるかね」

翌日。アルツは機士団総司令部に呼び出されていた。

机の上に置いた両手をがっちりと組み合わせた、白い髪をオールバックにした男性――ゾット司令は、その鉄面皮をアルツに向けて問いただした。

通常、ゼノイドは音声波形に意思情報を圧縮した『圧縮言語』を用いる。相手が実際に発した言葉は「確認」「アルツ」「発言権」のわずか三単語のみだが、それがアルツの脳に届いた瞬間、圧縮されていた情報が展開され文章となるのだ。

「いえ。ありません」

だがアルツは圧縮言語を使えない。それがなによりも雄弁《ゆうべん》に、彼が劣等生であることを物語っていた。通常言語で答えたアルツは、ちらりと横を見つつ、さらに言葉を続ける。

「ですが、一つ質問があります。なぜ、この場にリステル準機士がいるのですか？」

華奢《きゃしゃ》な肢体をたたずませる、青い髪の少女。人形のように整った顔に凍り付く無表情。その瞳《ひとみ》は、ゾットに勝るとも劣らない冷徹さをたたえている。

それが、《零距離戦闘の女王《アブソリュート・ゼロ》》――アルツの妹、リステル・ジオフロストだった。

妹を自分より上の階級で呼ぶことに抵抗はない。昨日の戦闘を見ていれば、実力の差は歴然なのだ。兄妹《きょうだい》であっても、その立場には大きな隔たりがあった。

リステルもまた、兄であるアルツから階級で呼ばれることに何の反応も見せなかった。

もっとも、それがこの世界における「正常」であるのだが。

（……正常、か）

己の思い浮かべた言葉に、心を刺す棘《いばら》がある。それこそが「異常」の証《あかし》であるにもかかわらず、アルツの思考は留《とど》まることを知らなかった。

「アルツ訓練生。誠に遺憾ではあるが、君に選別試験が課せられることとなった」

冷たい声で告げられたゾット司令の言葉が、それを後押しする。

選別試験——それは、厳しい環境で生存競争をやむなくされた人類が作り出したシステムだった。不合格となった者は、都市防衛に不要な人間と判断され『廃棄処分』となる。

それは、劣等生であるアルツに対して突き付けられた、事実上の最後通牒《つうちょう》。

覚悟はしていたことだった。この冬世界で、戦うために生まれた要塞《ようさい》都市の内部において、ゼノ・トランサーも満足に操れないような劣等生が生存を許されるはずがない。

だが、しかし——。

(今度は俺《おれ》を切り捨てるのか——父さん!)

ゾット司令は、アルツの実の父親なのだ。

「リステル準機士には、その試験監督を努めてもらう」

「了解いたしました」

父が下した残酷な任務を、妹は眉《まゆ》一つ動かさず請け負う。

「実施は三日後。用件は以上だ」

「失礼いたします」

「……失礼、いたします」

狂っている。目の前の光景に眩暈《めまい》すら覚えつつ、アルツはリステルと共に司令部を退室した。気付けば、拳《こぶし》は痛むほど強く握られている。

膨れ上がった違和感が、アルツの心を平静とは程遠い場所へと連れていく。けれど、横を歩く妹は、そんな兄に一度たりとも視線を向けようとはしなかった。

狂っているのは、どちらなのか——そんなことは決まっている。

（俺、だ）

胸を黒く塗り潰《つぶ》すのは、どうしようもないほどに膨大な絶望。

冬世界の始まりにおいて、人類はＸＥＮＯ《ゼノ》と戦う代償として、大きなものを失った。

それは、感情。

ゼノ・トランサーを代表とする、膨大な演算能力を必要とする機器を操作するため、人類が己の脳に求めた能力は、いわゆる「心」の領域を侵すほどに過大なものだったのだ。

通路の突き当たりに設置されたエレベーターにリステルと共に乗り込んだアルツは、扉
の横に設置された操作板へ手をかざした。ボタンの類《たぐい》も何もない、半透明の板だけで作ら
れた操作板は、アルツの脳波を感知してエレベーターの扉を閉める。

この技術こそが、人類が感情と引き換えに得た『Ｘ結晶機構』。

ボタン等の入力装置を介さず、人間の脳波でもって直接的に命令を送り、機械を操作す
る。ＸＥＮＯと戦うために必要不可欠なものだった。

しかし、致命的な欠点が一つ。

——がくん、と、エレベーターが大きく揺れて停止した。

「相変わらずだね、兄さんは。エレベーターの操作なんて、培養装置を出たばかりの子供
でも失敗しないよ。一秒間に百回程度の思考プログラム生成しか必要としないのに」

あきれるでもバカにするでもない、淡々としたリステルのつぶやきがアルツの心を抉《えぐ》る。

その表情が一ミリたりとも変化していないとくれば、なおさらだ。

X結晶機構は、それを操る人間の脳波の精度と演算速度によって、天と地ほどの性能差が出てしまう。最悪、今のように動かすことすら不可能。

だとしても、アルツの場合は不出来というレベルではなかった。エレベーターの制御に必要な演算能力はごくわずかであり、技術論においては基礎中の基礎にあたる。一桁《ひとけた》の足し算を本気でまちがえるようなものだ。

アルツの中には、進化の過程において失ってしまったはずの「心」らしきものが在る。親しい人々への情愛、機械的な人々への違和感、死地に赴くことへの恐怖――優れた妹と、冷徹で有能な父に対する、どうしようもないほどの劣等感。胸に渦巻くそれらの感情が脳の高速演算を阻害した結果、機器へ正しい脳波を伝えることができないのだ。

結果としてエレベーターは動きを止め――ゼノ・トランサーをまともに操ることもできない劣等生が誕生する。

「兄さんの思考ノイズが多いのは元々だけど、父さんに会った直後は一層ひどいね。どうしてそこまでノイズが増すのか、僕には理解不能だよ」

そう言われても、なぜこんな風に生まれついたのか、理解不能なのはアルツ自身だった。

冬世界の人類において、家族という共同体はすでに解体されている。

子供は生殖行為ではなく細胞培養装置によって生み出される。父母という言葉は単に遺伝子提供者を示す名称でしかなく、アルツが七歳にしてはじめて両親と対面したのは課外

授業の一環としてだった。

幼少期、子供は同じ学習施設でまとめて養育され、様々な知識やゼノ・トランサーの操縦を叩《たた》き込《こ》まれる。その過程において両親と子供を引き合わせるのは、もっとも効率のよい操縦方法の教授のために過ぎない。遺伝子的に似通った親子という間柄は、操縦の癖や呼吸も近似する場合が多く、子供にとって有益な情報を与えることができるのだ。

コクピットに同乗した子供に、親がレクチャーをする。そこに上官と部下という関係性はあれど、親子の交流は一切ない。それが普通なのだが、アルツの思いは違っていた。

（思えば、あの時点から父さんの言葉を聞くことには抵抗があった。俺《おれ》の顔を見ようともせず、ひたすら操縦のコツを語る横顔を見た、そのときから）

教育の過程で見聞きした情報の一つでしかない「親子の情愛」を、アルツは、無意識のうちに己の父親へと期待してしまっていた。

その違和感は、アルツが自我に目覚めた頃から傍らに在ったものだった。

個体識別番号で管理され、同じ年齢の子供たちと共に寝起きし、毎日決まったスケジュールどおりの生活を送り――個人の意思というものは一切の関与を許されない。

抵抗という選択肢があるはずもなく、予定通りに進む毎日の中で、アルツは「感情」という名の違和感の根源《ルーツ》を自分の両親へと求めていた。

しかし、満《み》ち溢《あふ》れた期待の絶頂で引き合わされた父は、この都市を――世界を象徴するような人間性の持ち主だった。

「……父さんは、母さんを見捨てた。リステルだって知っているだろう」

始まりは、十年ほど前に遡《さかのぼ》る。課外授業の一環としてアルツを乗せ、都市の外へ偵察任務に出た父と母の二機は、それに出会ってしまったのだ。

確認されている種では最強と呼ばれるXENO《ゼノ》――ティラノ級。

その全高は、ゼノ・トランサーの倍以上。恐竜の中でも暴君として名高いティラノサウルスに似た外見をしており、強靭な顎《あご》と鋭い牙《きば》は万物を喰《く》らう。

アルツは生涯忘れないだろう。

オーロラ状の七色の光を全身から放つ、不可思議にして凶々しい異形の生物が、母の乗る機体を噛《か》み潰《つぶ》す光景を。通信装置から聞こえる、母のくぐもったうめき声を。

大変だ。助けなくちゃ、助けてあげて――。

母を助けようと、必死で父へ懇願した幼い自分。その言葉は、今なお鮮明に思い出せる。

だが、彼は――今ではゾット司令と呼ばれている父は、即座に退却した。苦渋の末の決断などではない。助けることなど選択肢にもないかのごとく、それが当たり前のように。

いや、冬世界においては、それこそが当たり前なのだ。

あのとき発令された警報は、奇《く》しくも先日と同じランク・ガンマ。考えうる最大級の驚異に対抗するにあたって、人ひとりの命など塵芥《ちりあくた》にも等しい。しかし、目の前で苦しむものを平然と見捨てることが「生きている」と、果たしてそう言えるのか。

本来ならば考える必要すらない疑問の中で、アルツの胸はずっと彷徨《さまよ》い続けている。

「その話は何度も聞いたよ」

過去の忌まわしい記憶を蘇《よみがえ》らせ、煩悶《はんもん》するアルツに、リステルの足音が近づいた。

「でも、それがなんだと言うんだい？　母さんは弱かったからＸＥＮＯ《ゼノ》に敗《やぶ》れた。ただ、それだけのこと」

「ああ。わかっている。……わかっているさ。父さんの行動により、都市の被害が最小限に抑えられたことも。敵の早期発見により、万全の態勢で迎撃できたんだからな」

「やっぱり、聞けば聞くほど訳がわからないね。それが理解できているのに、どうして」

リステルはアルツの手を払いのけ、操作を代わる。アルツとは比べものにならない速度と安定性で、エレベーターは瞬く間に到着した。

「選別試験まで、あと三日。それまでに、兄さんの脳神経回路の不安定さが改善されなければ――確実に廃棄処分だよ」

背を向けたまま言い放ったリステルは、アルツの返答を待つことなく歩み去っていった。

彼女はアルツの試験監督である。今の言葉は、相手が兄であっても容赦なく不合格にするという宣言に他ならなかった。

「……それも、わかっている。間違っているのは俺《おれ》の方なんだろう」

感情は、ＸＥＮＯとの生存競争において、勝利を阻害する最重要ファクターだ。胸を灼《や》く激情は、本来ならば存在すら許されない異物でしかない。

「だが、ダメなんだ。俺は、俺を……この感情を制御できない……！」

アルツにとって、この十年は心を殺そうと血の滲《にじ》むような努力をしてきた期間だった。

不安定であれX結晶を動かせることは、その成果だ。

だが、心の存在しないこの都市は努力を評価しない。必要とされるものは常に、無情なまでの結果だけだ。

三日後、アルツは生存不適格として廃棄処分される可能性が高い。

それはすなわち、予告された死の定め。

「死ぬことは……恐ろしい」

無意識のうちに、つぶやく。アルツにとって、「死」の象徴は十年前に母を襲った不幸な出来事であり、そんな彼女を呆気《あっけ》なく見捨てた父の冷徹さでもあった。

おそらく、都市に生活する他の誰《だれ》も、アルツの恐怖を正しく理解することはないだろう。

彼らは皆、人類という「種」が生き残るために存在する部品のうちの一つに過ぎない。

そこに個人という意識はなく、己という存在を認知するための心もなく、人類全《すべ》てのために動くことこそが重要なのだから。

だが、死の恐怖に怯《おび》えるアルツに、何ができるというのだろう。アルツが今感じているその恐怖こそが、ゼノ・トランサーを操縦するに当たっての最大の障害なのだ。

選別試験——まさしく、言葉どおりの意味ではないか。

「死に怯え、己の機体も満足に扱えない、戦えない俺に、世界は生きる価値を与えない」

ぶるり、背筋が震えた。

「……いや、こうして余計なことを考えるから、俺《おれ》は駄目なんだ」

今はとにかく、少しでも機体の操縦技術を向上させるべきだ。アルツはようやく、エレベーターという狭い箱から一歩を踏み出した。

たった三日でなにができる、といった冷めた思考は一切ない。やるしかないのだ。

微々たる成長であったとしても、それを積み重ねて、自分はここに存在するのだから。

アルツは廊下を進む。全《すべ》ての雑念を捨て去った意識は、しかし、その先から歩いてきた何者かに奪われることとなった。

（な、なんだ、あれは……？）

仮面。目元と頭部はすっぽりと覆《おお》われ、男か女かも判別できない。

アルツが足を止めて凝視していると、唯一露出している口から「……ほう」というつぶやきが漏れた。男の声だった。

「私に反応を示したか。これはおもしろい」

男がなにを言っているのか、アルツにはわからなかった。そもそも――。

（おもしろい……？　そんな単語が、まさか人の口から聞けるとは）

それは、冬世界以前の古い概念。アルツも知識として覚えているだけで、ましてや心を持たないこの都市の人間は、絶対に口にするはずのないものだ。

「私の名はクーラ。上級機士長をやっている。君の名は？」

前線の最高指揮官に与えられる階級だった。

上官の問いにもかかわらず、アルツは思わず質問で返した。

「管理番号ならば、プレートに記載されていますが……？」

個人を識別するために必要なものは、まず第一に番号である。リステルのような血縁関係や、ゾット司令のような上司ならばともかく、まったく関係のない他者から己の名前を必要とされるとは思わなかったのだ。

「それは見ればわかる。だが、私は見てわからないものを知りたい。だから聞いたのだ。君の名を」

今一度の問い。アルツは一拍の間をおいて答えた。

「……アルツです。アルツ・ジオフロスト訓練生」

「ふむ。やはり君が、今度の選別試験の。……なるほど。ますますもっておもしろい」

クーラはそう言って口元を歪《ゆが》ませた。それは明らかな、笑みの形であった。

（なんだ、この男は。俺の知る、どの人間ともちがう……？）

アルツは奇妙な感覚を味わっていた。

――この違和感を、知っている。

だが、それをはっきりと理解する機会は、他でもないクーラによって奪われた。

「どうやら君と私が言葉を交わすのは、時期尚早のようだ。いずれ再会できる日を、楽しみにしているよ。では、しばしの別れだ、アルツ君」

ぽん、と、アルツの肩を叩《たた》き、クーラは去った。不可解な挨拶《あいさつ》を残して。

まるで、アルツが選別試験に合格することを前提にしているような。

「……クーラ、か。よくわからない男だったな」

つぶやいたアルツは、理由のわからない焦燥が胸の奥に生まれるのを感じていた。

※　※　※

選別試験、当日。

絶技と呼ぶにはほど遠いが、アルツの機体はそこそこの動きを見せていた。

「アクセル、ブレーキ、ターン。基礎的戦闘機動技術、六十点。実戦で通用するレベルかどうかは不安だけど、及第点はクリアしているね」

そうでなくては困る。この日のために、機体を調整してきたのだから。

とはいえ、劇的な性能向上《チューンナップ》を施したわけではない。むしろ逆——行ったのは性能低下《デチューン》。

速度、火力、反応性、それら全《すべ》てを引き下げて、安定性を手に入れたのだ。

しかし、これは賭《か》けだ。どうにかアルツにも扱えるようになった反面、実戦投入するには貧弱すぎる性能になってしまった。

「リステル準機士。次の試験項目は？」

「応用戦闘機動技術。つまりはＸＥＮＯ《ゼノ》との実戦だね」

「……実戦、か。了解した。指示を請う」

ついにきたか――アルツは身構える。

「僕に付いてきて。近辺で捕捉《ほそく》されたXENOへと誘導するから」

程度の差こそあれ、戦闘は毎日、毎時のように起きる。人類がどれだけ必死に戦おうとも、戦況は好転の兆しを見せようとしない。やつらはその質も量も人類を凌駕《りょうが》している。

前線に立ったことのないアルツでも、それは肌で感じていた。実戦訓練中に命を落とした同級生は一人や二人ではない。

それでも、と、アルツは思う。

座して死を待つよりも、たとえ1%でも可能性があるなら、それに賭けるべきだと。

（俺《おれ》は、生きる……！　生き延びてみせる！）

アルツ機は安定した挙動で、リステル機の後を追って滑走する。

やがて見えてきたのは――廃墟《はいきょ》。朽ちかけてなおゼノ・トランサーよりも背の高い建築物が、ひしめくように並んでいる。

「ここは、まさか……？」

「そう。夏世界の都市の遺跡だよ。ここは身を隠す場所が多いからね。手負いのXENOがよく逃げ込むんだ。索敵を厳にしつつ変形。第一種警戒態勢へ移行したほうがいい」

手馴《てな》れたリステルのアドバイス通り、アルツは機体の変形シークエンスを開始させる。

雪面に突き立てたストックを支えに上半身を起こし、折り畳んでいた脚部を展開。こうして機体はスムーズな動作で、腰を落とした滑走形態から人型へと変形を完了する。

「コンディション、チェック。各部異常なし。続けて、索敵を開始する」

各種センサーの出力を最大にするが……なにも見当たらない。その代わり、最大望遠にしたメイン・モニターに映し出された『それ』に、呼吸も忘れて見入ってしまう。

天を衝《つ》くような氷柱《つらら》。その内部には――。

「赤い……塔だ」

四角錘《しかくすい》をひたすら上に引き伸ばしたような形状で、一部が白く塗り分けられた、赤い塔。要塞《ようさい》都市にある緊急発進用の尖塔《せんとう》とは比較にならないほど、高く、雄々しく、優雅だった。

それがどんな技術によって、なんのために造られたのかなんて、知る由もない。ただ、その圧倒的な存在感は、アルツの心に波紋となって広がっていく。

(夏世界の旧人類《プロト・カインド》は、こんなものを造り上げたというのに……あの都市は……いや、俺《おれ》たちは……)

――やめろ。それ以上は考えるな。

もう一人の自分が叫ぶが、止められない。アルツの思考は、精神の根底すら揺るがす禁断の領域へと足を踏み入れる。

(俺たちゼノイドは、進化したと言えるのか？)

その瞬間だった。リステルの声が、生命を脅かす存在の襲来を警告したのは。

「二時方向、距離５００――来るよ」

「っ……！」

アルツは意識を現実に引き戻す。索敵プログラムを走らせると、立ち並ぶ廃墟《はいきょ》をものともせず一直線に突進してくる巨体を捕捉《ほそく》できた。

――だが、速い。速すぎる。

その角が建物を突き破り現れるのと、機体が回避行動をとったのは、ほぼ同時だった。

つい一瞬前までアルツ機がいた場所を、それは矢のように駆け抜けていく。

トリケラ級。頭部に二対の回転衝角《しょうかく》を持つ、古代の恐竜トリケラトプスに似たXENO《ゼノ》だ。全高はゼノ・トランサーと同程度。遭遇例も多く、下級と認識されている種である。

「アルツ訓練生。セオリーは理解しているね？　トリケラ級は正面に対しての制圧力こそ高いけど、他は手薄。側面や後方からダメージを与えて弱らせたら、角と角の間の中枢結晶を破壊だよ」

リステルはそう言って、機体を戦闘区域から離脱させた。

残されたのは、アルツ機と、トリケラ級が一体――この状況を一人で打開できないようでは、この先も生き延びられない。いや、生きている意味がないのだ。

「了解した。アルツ機、戦闘を開始する」

とは言ってみたものの、敵の姿は建物に覆《おお》い隠され、すでに影も形もない。時折、壁を突き破る音が響くだけだ。

（見えないが、いる。どこかのタイミングで、確実に俺を狙《ねら》ってくる……と、いうことは）

危険を伴う戦法だが、これしかないだろう。アルツは機体を停止させる。

建物を粉砕しながら、衝角《しょうかく》が再び襲いくる。それを引きつけ、引きつけ、ぎりぎりのタイミングで回避。即座にストックを構え、無防備なトリケラ級の背後に狙《ねら》いを定める。

正式名称『ストック・マニューバ』――機体推進だけでなく、射撃武器としても運用可能な、万能兵装である。

「もらった！」

圧縮空気によってストック先端から弾丸が撃ち出された。両足はしっかりと雪面を踏みしめ、射撃時の反動を抑制。狙った箇所へと的確に弾丸を向かわせる。

タイミング、照準、全《すべ》てにおいて非の打ち所のない一撃だった。だが――。

鳴り響く甲高い音は、アルツの希望を刃物のように切り裂いた。

「無傷だと!?　そんな……そんなバカな……!!」

操縦が完璧《かんぺき》であっても、機体の性能低下《デチューン》により出力が圧倒的に不足していた。

――乱射。もはや狙いもなにもない。ただ認めたくなかった。この事実を、この現実を。

雨嵐《あらし》と放たれる弾丸が、しかし次々と弾《はじ》かれる光景を目の当《ま》たりにし、アルツはようやく認めざるを得なくなる。

「そう、か……。やはり俺《おれ》は、不要な存在だったんだな……」

理解した瞬間、全てがどうでもよくなった。モニターに映った猛進するXENO《ゼノ》も、どうでもいい。その衝角が機体を貫いても、どうでもいい。

そしてアルツは、浮遊感に包まれる。

これが死か――そう思い、その感覚を受け入れた。

「機体からの信号、消失を確認」

安全圏から観察していたリステルは、静かにつぶやいた。最後にアルツ機から送られてきた映像を見る限り、あの攻撃を回避できたとは思えない。

「最後まで理解不能だったよ。無駄とわかっている連射をしたかと思えば、攻撃を避《よ》ける素振りすら見せず棒立ちで」

リステルは機体を変形。滑走させる。

兄の死を、この目で確かめるために。それが自分の役目だった。

「……兄さん。やっぱり、ダメだったんだね」

予測の範囲内の出来事だ。驚くべきことはなにもない。そのはずだが――。

ちくり、と、胸に小さな痛みが走った。リステルは首を傾《かし》げ、手を当てる。

「なんだろう。なにかの病気の予兆かな？」

この任務が終《お》わったらメディカル・チェックを受けよう――そんな悠長な思考は、眼下の光景を見て一瞬で吹き飛ぶ。

「これは……。いったい、どういうこと……？」

アルツ機とＸＥＮＯが戦闘を行っていた場所には、底すら見えない大穴が空いていたのだった。

※　※　※

《──時は来た。『白銀新生』の扉を開け──》

闇《やみ》の中、声が響く。

「白銀、新生……？」

アルツは目を開けた。身体《からだ》はコクピットのシートにくくりつけられたまま。どうやらまだ生きているらしい。あちこちの鈍い痛みが、少しずつ記憶を覚醒させる。

「XENO《ゼノ》の攻撃を受けた瞬間、地面が崩れて……それで……。そうだ、機体は？」

損傷箇所をチェック。モニターの表示は絶望的な内容だった。

「戦闘続行はおろか、移動も不可能か……。しかたない。生きているセンサー類を総動員し、状況だけでも把握を」

すると、モニターいっぱいにトリケラ級の頭部が映し出された。

弛緩《しかん》していた神経を緊張が貫く。だが敵は微動だにしない。よく見ると、角と角の間に穴が穿《うが》たれていた。活動を停止した身体は、雪の欠片《かけら》になってぼろぼろと崩れていく。

「中枢結晶を的確に撃ち抜いている。とんでもない射撃精度だ」

いったい誰《だれ》が？　アルツでもリステルでもない、第三者がいたというのか。

かろうじて動いた機体の首を傾け、見上げる。雪を吐き出し続ける見慣れた灰色の空は遠く、小さな円形でしかない。かなり深いところまで落ちてしまったようだ。各種センサーを駆使しても、外の様子はまったくわからない。

どうする――と、思考を巡らせようとして、やめた。

「……いや、もういいんだ。なにもかも。いっそ死んでいたほうが、楽だったかもな。俺《おれ》なんかが生きていたところで、どうせ……」

その時だった。モニターが勝手に情報を映し出した。

地図だ。現在地らしき場所から線が伸び、それが行き着く先に書かれた文字は――。

「白銀新生……。ここに行けというのか？」

全《すべ》ての希望を叩《たた》き潰《つぶ》されたアルツにとって、その言葉はすっと胸に染み込んだ。意味するところもなにもわからないが、だからこそ確かめてみたくなった。

シートの裏から非常用ライトを手に取ると、歪《ゆが》んで開かないハッチを強引に蹴破《けやぶ》り、わずかにできた隙間《すきま》から外へはい出す。まず、改めて間近で見るＸＥＮＯに圧倒された。その口はアルツを一呑《ひとの》みにできそうだ。息絶えているとわかっていても、恐怖を禁じ得ない。

それから徐々に、意識が周囲に向かう。どうやらここはただの地の底ではなく、地上部分から続く旧人類《プロト・カインド》の地下都市らしい。壁も床も、見たこともない素材で覆《おお》われていた。

アルツはそっと壁に触れてみる。

すると、その箇所に淡く赤い光が灯《とも》り、やがて全体へと広がっていく。

「照明がついたのか……？　いや、それだけじゃない。この壁の感覚は……？」

手袋を取り、素手で壁に触れなおす。

先程までの冷たさが消えていた。代わりに感じるのは、人の肌に触れたような温度――いや、それ以上の高温かもしれない。この感覚を表現する言葉を、アルツは知らない。

よく見ると、壁には『○○設定温度』という文字が表示されていた。

「読めない文字があるな……。どうやら温度の表示らしいが。しかし、45℃というのは、いったい何ケルビンだ？」

文字だけでなく、単位も不明だった。やはり旧人類《プロト・カインド》の施設は、わからないことだらけだ。

おそるおそる、一歩ずつ確かめるように、アルツは進む。地図はすでに記憶済みだ。劣等生とはいえ、ゼノイドの脳の処理能力をもってすれば造作もないことだった。

まず向かったのは、巨大な壁に開いた、いくつもの通路の中の一つ。そこに足を踏み入れた瞬間、アルツの臭覚が異変を知らせた。

「これは、血の臭《にお》い……なのか？」

先の戦闘による負傷を疑い、身体《からだ》を確かめる。小さな傷はいくつか見つかったが、流血というほどではなかった。ならばこれは、この空間に充満していたものか。

そう言えば、と、アルツは過去に受けた教育内容を呼び起こす。

感情という愚かなノイズを有する旧人類《プロト・カインド》は、戦いに明け暮れ、人間同士で殺しあった。

そう思って見ると、壁や床のあちこちにくすんだ赤い染みがこびりついている。

（まさか、ここでそんな戦いが……？）

それなら骨の一本や二本も転がっていそうだが、そんな様子はない。

薄気味の悪さを感じながらしばらく進むと、壊れて開け放たれた扉が横手にあった。通り過ぎながら部屋の中を見る。そこに並んでいたのは、やはり見たこともない道具だったが、その使用法はピンときた。

「この形状、射撃武器か。だが、対ＸＥＮＯ《ゼノ》用には小さすぎる。本当に、人間同士で……」

アルツはわからなくなった。旧人類とは、いったいなんだったのだろう。

一目で心を奪うほどの建築物を遺《のこ》したかと思えば、同族を殺すための武器も作る。繊細なのか、野蛮なのか。崇高《すうこう》なのか、愚かなのか。

（……白銀新生。そこへたどり着けば、理解できるんだろうか）

答えを求めるようにアルツは歩を進め、やがて、導かれるかのようにその扉の前へたどり着いた。姿が映り込むほどに磨かれた銀色の表面は、三百年前の遺物とは思えなかった。

「ここか。だが、どうやって開けるんだ？」

すると、扉の向こうで空気の流れる音が聞こえた。アルツは警戒して一歩下がる。しばらく様子をうかがうと、やがて音が止《や》み、どこからともなく声が聞こえた。

《――エアーロック解除。気圧差ありません。入室可能です――》

そして、密閉された容器から空気が抜けるような音を立て、扉が自動的に開いた。

内部は薄暗かったが、小さな光がいくつも明滅しているのが見える。おそらく機械的なものだろうが、なにかがあるのは確実だった。

警戒に警戒を重ねて入室するアルツ。そこで目にした光景は――。

「に、人間、だと!?　まさか、旧人類《プロト・カインド》……!?」

床から天井まで伸びた、円柱状の容器。透明な液体に満たされたその中に、一糸まとわぬ姿の黒髪の少女が浮かんでいた。閉じられた目は、眠っているようにも、死んでいるようにも見えたが――ぴくりと、まぶたが動いた。

生きている。

アルツがそう認識したその時、ポッドが開き、液体があふれ出す。しかし、少女の身体《からだ》をまだ覆《おお》っているものがあった。氷柱《つらら》だ。そしてそれが外気に触れたとたん、細かな亀裂《きれつ》が縦横無尽に走った。透明だった氷が結晶構造の崩壊により白く濁り、その直後、無数の欠片《かけら》となって砕《くだ》け散る。

投げ出された少女の身体は一瞬だけふわりと宙を舞い、足から着地。だがバランスを保てず、がくりと膝《ひざ》をついた。反射的に、アルツはその身体を抱きとめる。

「お、おい。大丈夫か?」

呼びかけると、寝ぼけたような半開きの目がアルツに向けられた。

「……留美《るみ》……さん?」

唇からは誰何《すいか》の言葉が漏れる。だが、アルツはなにも答えることができなかった。

「……ううん。ちがう、わ。それじゃあ……あなたは……」

少女の目が次第に力を取り戻していき、しっかりと焦点を定めた瞬間。

「緑色の、髪……ゼノイド⁉」

アルツを突き飛ばし、よろよろと後ずさった。目の端をつり上げ、口元をきつく引き結んだ表情に、アルツは確信する。

（……ああ、まちがいない。彼女は旧人類。そしてこれが——人間の感情）

いまや少女の顔はおろか、その全身から「おまえは敵だ」という声にならないメッセージが発せられている。

「あんた、なに企《たくら》んでんのよ」

「企む？　どういうことだ？」

「すっとぼけんじゃないわよ！　じゃあどうして……この状況で笑ってんの⁉」

「笑う……。俺《おれ》が……？」

そう言われて、アルツはようやく自分自身の表情と、その内に生まれたものに気付いた。

少女は警戒を保ったまま、横目で部屋の様子をうかがい、さらに問い立ててくる。

「留美さんの人工冬眠は解除されてるのに、姿が見えない……⁉　これもあんたの仕業⁉　あんた、留美さんをどうしたのよ⁉」

しかし、その言葉はアルツの耳には入らない。

「……ふふ。ははは！　そう！　それだ！」

自覚したが最後、もう止められなかった。

びくり、と、少女は一歩後ずさる。彼女から発せられていた、ぴりぴりした攻撃的な空気から一転。盾で身を守るような拒絶の意志を感じる。

「ちょ、ちょっと、なによ。なんなのよ。……やだ。こっち来ないで」

少女は腰元に手を伸ばし——その手が空を切った。

「あ、あれっ？　銃が、ない……？」

そして少女は視線を落とし、自分の身体《からだ》を見る。

「き——きゃあぁっ！　そうだった、あたし……！　ど、どうしよう、こんな……」

両腕で胸元を覆《おお》い隠し、足をきつく閉じて座り込む。わなわなと震える唇は、言葉にもならない声を発するが——その変化すら、アルツには興味の対象でしかなかった。

「やっと……やっと見つけた！　出会えた！　俺《おれ》が求めていたのは、この感覚だ！」

「ひっ……」

少女が息をのむ音が聞こえた。

——わかる。知っている。これは恐怖だ。

まるで通信のようだった。刻一刻と変わる感情の波にさらされ、アルツの全身もまた、活発な電気信号で満たされていく。

「いいぞ！　もっとだ！　もっといろんな感情を、俺に見せてくれ！　俺にぶつけてくれ！　さぁ!!」

アルツの身体は無意識のうちに、一歩、また一歩と、少女へにじり寄っていく。

少女の瞳《ひとみ》は大きく見開かれ、その直後――。

「い、いやぁぁぁっ！　ヘンタぁぁぁイっ！」

絶叫とともに、平手がアルツの頬《ほお》を打った。

（な――）

唐突に傾き、流れる視界。なにが起こったのか疑問に思う間もなく、吹っ飛んだアルツの身体は壁に叩《たた》きつけられ、記憶がぷつりと途切れる。

倒れ込んでなお、アルツのその表情はどこか満足そうだった。


意識を取り戻すと、椅子《いす》に手足をくくりつけられていた。それでも身動きくらいはできそうだったが、試すより早く、こめかみになにかが突き当てられた。

「動かないで。さっきはビンタで済ませてあげたけど、次は容赦なく撃つわよ」

その言葉の内容から、突き当てられているのが小型の射撃武器だと判断できた。

「……了解した。しかし、ここはどこだ？　さっきの部屋ではないみたいだが」

そこはアルツには形容しがたい部屋だった。

まず明るい。光度もそうなのだが、なにより色がまぶしい。赤と呼ぶには少し薄い色がふんだんに使われている。あまり目にしない色なので、その色の名前は忘れてしまったが。

「黙れ、変態ゼノイド。あんたに許されるのは、あたしの質問に答えることだけよ」

横目でちらりと見ると、少女は服を着ていた。その髪の色と同じ、黒い色の服だ。

しかし、肌の一部は露出されており、服の素材も身体《からだ》に張り付くかのように薄い。それで本当に体温を保てるのかと、疑問に思わざるを得ない。

アルツの方からも質問したいことは数多くあったが、それを飲み込み、うなずいた。

その仕草を確認した少女が、質問を開始する。

「まず、留美《るみ》さんのことよ。あたしの他にもう一人、人工冬眠してる人がいたでしょう? その人は?」

「人工冬眠……水の中で眠ることか? なら、俺《おれ》は知らない。さっきの部屋に入ったとき、あの容器に入っていたのは君だけだった」

「──そんな! ウソよ!」

少女はアルツの首をつかみ上げ、片手で宙吊《ちゅうづ》りにした。

(なんだ、この腕力は!? これが旧人類《プロト・カインド》の戦闘能力なのか……!?)

息を詰まらせ、もがくアルツを、少女の鋭い視線が貫く。

「本当のことを言いなさい! このまま絞め殺されたいの!?」

「嘘《うそ》じゃ、ない……。本当に、君、しか……」

どうにか答える。だが少女は手を緩めるどころか、真偽を確かめるように力を強めた。

そのまま意識が白く染まりかけたとき、ようやくアルツの身体は解放され、床に転げ落ちる。横倒しになったまま激しくせき込むと、髪をつかまれて引き起こされた。

「……気持ち悪い髪の色。遺伝子を操作して人間をやめた、裏切り者の証《あかし》ね」

手に絡みついたアルツの髪を、汚物でもはらうように振り落とす。

――裏切り。その言葉が、やけにアルツの耳に残った。

旧人類の愚かさを象徴する行為の一つ。そう教わっていた。

「裏切りとは、協力関係を放棄する、という意味の単語だったか。むしろその行為は、旧人類の間で横行していたと――うぐっ!?」

少女の手にした射撃武器が、アルツの口を無理矢理《むりやり》にふさいだ。ほのかに広がる血に似た味、血に似た匂い。だが痛みはない。口腔《こうくう》内の出血でないのなら、答えは一つ。

これは武器の――武器を形成している素材の味、匂い。

ここに来る途中に感じた匂いも、きっとそうだったのだろう。さらに分析すれば旧人類の文明を理解する手がかりになりそうだったが、状況はそれ以上の思考を許さなかった。

「あんた、変態の上にバカなの？　質問するのはあたしって言ったでしょ？　それとも死にたいの？」

硬く冷たい武器の先端が、ごりごりと上あごに当たる。この状態で弾丸が発射されれば、それは確実に脳を破壊する。即死は免れないだろう。

「今ね、すっごく気が立ってるの。わかる？　怒ってる、って意味よ。心をなくした人間モドキには、それすら説明しなきゃダメ？」

「いや、問題ない。わかる」

「……ふぅん。そう。わかるんだ」

どうやら伝わってくれたようだ。しかし。

「ふざけんじゃないわよ！　人間の心がゼノイドにわかるって言うの⁉」

射撃武器は引き抜かれるどころか、さらに激しく突き立てられた。

――理不尽。わかると言っても、わからないと言っても、同じだったのではないか。

（この感覚。どこかで……）

荒れ狂うような少女の激情にさらされながら、アルツは不思議なことを考えていた。

「すまない」

思わず口をついて出たのは、そんな言葉。

少女はぴたりと動きを止めて、射撃武器をアルツの眉間《みけん》に向けた。

「……なにが？　どう悪いと思ってるの？　聞いてあげるから、言ってみなさい。ただし、つまんないこと言ったら……わかるわね？」

脅しではなく本気だというのは、彼女の目を見ればわかった。

アルツは小さくうなずくと、意識を切り替える。

この十年とは正反対に。心を殺すのではなく、心を解放する。届け――彼女の心に。

「きっと俺《おれ》は、君のなにかを否定してしまったんだろう。……俺の父さんが、俺を否定したように。あのとき俺が感じたものと、君が感じているものが同じだとするなら、それは謝る必要があると思ったんだ」

もどかしい作業だった。自分の考えたこと、思ったことを、的確に伝えてくれるだろう言葉が見つからない。なんとかそれらしいものを探し出して並べてみたが、いざ口にしてみると、どこか微妙に違う気がして。

これで本当に伝わったのか、不安に駆られたアルツがうつむくと、頭上から少女の言葉が降ってきた。

「……ふん。やっぱゼノイド。見当ちがいな謝罪だったわね。怒りの理由が自分と相手で同じ、一つしかないとか、単純すぎ。あたしが怒ってたのは、そんな理由じゃないわよ」

伝わった上で否定されたのか、誤解されただけなのか——それすらわからない。

だが不思議と穏やかな気持ちだった。最期の最期に、貴重な体験ができた。それでよしとしよう。どうせ自分には、この世界で生きていく場所などないのだから……。

今度こそ、全《すべ》てをあきらめたアルツは目を閉じる。

……しかし、いくら待っても、そのときは訪れなかった。

アルツが顔を上げると、少女は形容しがたい表情をしていた。目を軽く閉じ、眉根《まゆね》を寄せている。射撃武器でとんとんと自分の肩を叩《たた》く様子は、もやもやとした思考が外に表れているようでもあった。

「でも、なんて言うか……。さっきの変態行為といい、あんた、あたしの知ってるゼノイドとは、なんかちがうのよね。今のゼノイドって、みんなこうなの？」

そう言って、今度はわずかに目を細めて、じっとアルツを見てきた。

（さっきまでが嘘《うそ》のように、今は静かだ……。だが、この視線からは、確かになにかを感じる。旧人類《プロト・カインド》は、こんなにも複雑な感情表現ができるのか……）

感心したアルツが言葉を失っていると、にわかに少女の感情が激しくなる。

「ちょっと、聞いてんの⁉　質問に答えろって言ってんのよ！」

「ん？　ああ、すまない。別の個人的案件で思考をまとめていた」

「要するに、考えごとってわけ？　あんた、本当に……。まぁいいわ。で、今のゼノイドの状況よ。あんただけ特別なの？」

「特別と言えば、特別か。どうやら俺《おれ》は思考ノイズ——君たちが言う感情を有しているようで、生存不適格者として選別試験を受けているほどだ。一般的とは、ほど遠い」

すると少女は、大きく息を吐いて、肩をすくめた。

「思考ノイズに、選別試験、ね……。なるほど、よくわかったわ。どうやらあたしたちの時代より、ゼノイドの感情喪失は悪化してるみたいね。ったく、やってらんないわ」

わずかに攻撃的な感情が見えた気がした。しかし視線はどこか遠くを見ており、アルツに向けられた敵意ではないというのが、なんとなくわかった。

「俺を……殺すんじゃなかったのか？」

「気が変わった。見逃してあげる」

アルツの後ろに回った少女が、縄をほどき始めた。

「わからない。俺を敵と認識していたようだが、その判断が変わったということか？」

「だいたいそんな感じね。まぁ今の話を聞いて、他のゼノイドはもっと嫌いになったけど」

「キライ……旧人類が敵に向ける感情のことだったな」

「これだからゼノイドは……。だから、そう簡単じゃないのよ。味方だって嫌いなやつはいるし、敵でも好きになれるやつはいる」

縄をほどき終《お》えた少女は、なにかに気付いたのか「あっ」と声をもらした。

「痛そう……。この指、どうしたのよ？　皮が破けてるじゃない」

「戦闘中の負傷だ。さっきまで、ＸＥＮＯ《ゼノ》と戦っていたからな」

「わかったわ。ちょっと待ってて」

少女は立ち上がり、薄い赤色の箱に近づいていった。どうやらそれは多段式の収納用具だったらしい。一段目を引き出すと、捜し当てた小箱をアルツに放《ほう》ってよこした。

「……これは？」

「絆創膏《ばんそうこう》も知らないの？　ったく、しかたないわね」

少女は小箱をひったくるように奪うと、中から細長いシートを取り出し、それをアルツの指にまく。それでようやく、アルツは小箱の正体を理解した。

「治療用具だったのか。助かる。……しかし、これは」

「う、うっさいわね！　どうせあたしは不器用よ！　文句があるなら、自分でやれば!?」

指に巻かれたそれは、妙に斜めだったり、たわんでいたりしていた。

「なるほど、確かに自分でしたほうがいいように思える」

「だったら——」

「だが、不思議だ。こうして見ていると、このままでいいと思えてしまう」

言いかけていた少女は、やり場をなくしたように髪をなでた。

「……そういうこと言うから、あんたを裏切り者として憎みきれなくなっちゃうのよ」

「それはつまり、どういうことだ……？」

「わからないなら、それでいいわよ」

答えは得られなかった。それが逆に、アルッにさらなる興味を抱かせた。

「君はこれから、どうするんだ？」

「……そうね。とりあえず、留美《るみ》さんを探すわ」

「ここで眠っていたという、もう一人の……。今更だが、どうして君は——いや、君たちは眠っていたんだ？　旧人類《プロト・カインド》はXENO《ゼノ》に為《な》す術《すべ》なく敗北し、絶滅したはず」

「なるほど。あんたたちの歴史じゃ、そうなってるのね。たしかに核をぶちかましても、XENOには傷もつけられなかった。人類は追いつめられ、残ったのはあたしと留美さんの二人だけになった。でもね——」

少女の黒い髪が、ゆらりと揺れた。

屋内である。風はない。少女自体が発している『なにか』が、その髪をあおったのだ。

「あたしたちは負けてなんかない。人間の心が生み出す無限の炎——《イデア》は、アウター・スノウを溶かし、XENOだって焼き尽くすわ」

──これだ。アルツを片手で翻弄した、異常なまでの力の正体。

「イデア……心の、炎だと⁉　では、そのルミという人も……⁉」

「あたしと同じ、人類を守る最後の砦《とりで》──『漆黒の牙《きば》』の一員よ。生身でのXENO撃破数は一四二体。正真正銘のエース、最強の戦士だった」

「あのXENOと、生身で？　イデアというのは、とんでもない戦闘力だな……」

アルツは素直に驚愕《きょうがく》し、賞賛したつもりだった。しかし、まるで力が抜けるように、少女を覆《おお》っていた光が消える。

「だけど、あたしたちは留美さんに頼りすぎた……。熾烈《しれつ》な戦闘で、あの人の心は壊れてしまったのよ。そして賭《か》けに出た。人工冬眠で長期間の瞑想《めいそう》状態に入れば、心のダメージも回復するんじゃないかって」

「そういうことだったのか。だが、どうして君まで」

「理由は……まぁ、いろいろ。って、あたしの話はいいのよ。とにかく問題なのは──」

ぎり、と、彼女は歯をかみしめた。

「賭けには、たぶん負けた……！　二人が同時に目覚めなかったのは装置のトラブルだとしても、留美さんが元に戻っていればメッセージくらい残すはず。それがないってことは、あの人は壊れた心のまま、ふらふらとどこかへ……！」

のどの奥から絞り出すような声。それが彼女のほとばしる感情から発せられたものだというのは、なんとなく理解できた。

だが同時に、アルツの中の冷静な部分は、疑問を差し挟まざるをえなかった。

「探すといっても、どうやってだ？　それにその人がいつ目覚めたのかも、わからないんだろう。ここ数ヶ月《すうかげつ》、数年じゃない可能性もあるんだ。もしかしたら、もう――」

「だとしても、よ！　あたしの気が済むまで探す！　探すったら探すのよ！」

「……なるほど。理屈じゃないんだな」

「そういうことよ。わかったら出ていって。ゼノイドの手は借りない。あたし一人で――」

「いや。俺《おれ》も、君とともに行く」

「はぁ!?　なに言ってんのよ。あんたには関係ないでしょ？」

「そうかもな。だが、君がそうであるように、俺も理屈じゃない。俺はきっと――君のことが好きだ」

「ふぇ!?　ちょ、え、待って、そんな、いきなり……!?」

少女の頬《ほお》が、耳が、赤く染まっていく。視線もきょろきょろと落ち着きがなく、言葉も支離滅裂だ。

はじめて見る反応だった。いったいどんな感情なのか、見当もつかない。

「どうした？　体調不良か？」

「ち、ちが、これは、その、そんなの、言われたことなくて、だから……！」

「わからない。さっきは普通に口にしていたが、旧人類《プロト・カインド》には一般的な言葉じゃないのか？」

「そ、それはまぁ、そうなんだけど、いろんな意味があって――」

と、少女はそこで「あっ⁉」と声をあげた。なにかに気付いたようだ。

「ちょ、ちょっと待って！　好きとか嫌いとか、絶対に正しく理解してないでしょ⁉　そうなんでしょ⁉」

「少なくとも、俺は君を敵と見なしていないし、キライでもないと思う。ならばその反対の感情なんだろうと思ったが……ちがうのか？」

「ほーら、やっぱり。びっくりさせるんじゃないわよ」

胸に手を当て大きく息を吐いた少女は、眼差《まなざ》しも鋭くアルツに指を突きつけた。

「いい？　その言葉は、すっごく複雑なの。あんたが使いこなすには百年早いわ」

「了解した。さっきも忠告されたからな。俺はまだまだだと」

「そういうことよ。わかったら、とっとと出ていって。あたしは一人で――」

意図してか偶然か、少女は先ほどと同じ言葉を口にした。

そしてアルツはまったくの無意識で、同じタイミングでさえぎった。

「だからこそ、俺は君とともにいたい。もっと知りたいんだ。君がなにを感じて、なにを考えているかを。片時も離れず見つめていたい」

「――っ⁉　ほ、本気、なの……？　本当に、そんなこと思ってるの……？」

またしても頬を赤くした少女だったが、今度は少しだけ落ち着いているようだ。ベッドに腰かけ、組み合わせた両手の指先をせわしなく動かしながら、返答を待っていた。

アルツは「ああ」とうなずき、嘘《うそ》偽りのない本心を口にする。

「君を観察することで、人間の心、感情というものを、もっと深く理解したい――」

ぼふ、と、枕が顔に直撃した。

「ようするにただの人間観察ってこと⁉」

「それ以外の意味があるのか？」

ぼふ。ぼふ。

今度はベッドの上にあった、ふわふわした奇妙な物体を次々と投げつけられた。当たるとノイズ混じりに「にゃー」という声が発せられる。これはいったいなんだろうか。

「乙女の純情をもてあそんで！　馬に蹴《け》られて死ね！」

形状の異なるふわふわした物体が飛来した。当たると「ひひーん」という声がした。

それ自体は痛くなかった。――痛いのは、身体《からだ》の内側。

「……やはり君は、俺《おれ》の死を望むのか」

自分でも驚くような声。この胸を痛ませる正体不明のなにかが、声に乗って出ていた。

それはおそらく、少女にも伝わったのだろう。投げる手をぴたりと止めた。

「えっ？　いや、それは……言葉のあやってやつで、本気でそう思ったわけじゃ……」

「この世界は、俺の存在を許さない」

少女の言葉に答えたわけではなかった。ただ、気付くと口から言葉がもれていたのだ。

次から次へと、あふれ出るように。

「他のゼノイドたちは俺を異物と見なし、排除する。俺には生きている価値がなかった」

アルツはそこで言葉を止め、指に巻かれたものを見る。それはただの無機物にすぎないはずだったが、不思議と少女の気持ちを感じ取ることができた。

「だが君はちがった。最初こそ俺の存在を否定していたが、最終的には条件付きではあるが、肯定をしてくれた。……いや、存在だけじゃない。俺が持ってしまっている、この感情も、認めてくれた」

アルツは少女の目をまっすぐに見る。少女もまた、アルツを見つめ返していた。

「きっと俺は旧人類《プロト・カインド》に――人間になりたいんだと思う」

「………………」

少女は無言を返した。二人の視線は交わり合ったまま、しばしの時が流れ、やがて。けたたましい警告音《アラート》が、静寂を打ち破った。

部屋の中央に現れたスクリーン。そこに映し出されたのは、トリケラ級の姿。それも一体ではない。瞬時には数え切れないほどの大群が、廃墟《はいきょ》の街を踏み荒らしていた。

「あいつら、ここに気付いたのね！」

「襲撃か!?　――いや、待て！　応戦している機体がいる！　あれは……リステル!?」

見間違えるはずもない。剣を手にした青い機体が、単機で戦場を駆けていた。

「あの機体、XENO《ゼノ》に似てる……？　なるほどね。毒をもって毒を制す、ってわけか。でも、雲行きが怪しいみたいよ」

多勢に無勢。いくらリステルといえど苦戦を強いられているようだ。半ばから折れた右手のストックが、それを物語っていた。

　圧縮空気の放射によって機動力を得るゼノ・トランサーにとって、ストックは生命線。その損傷は移動速度の半減、ひいては戦闘力の半減を意味する。

「まずい……！　あのままだと、そう長くは保たないぞ！」

「心配なの？　他のゼノイドは、あんたを仲間とも思ってないのに？」

「リステルは俺《おれ》の妹だ！　……いや！　妹でなかったとしてもだ！　誰《だれ》かが戦いに敗《やぶ》れて死ぬところは、もう見たくない！」

「……まったく、お人好《ひとよ》しというか、単純熱血バカというか」

　にっ、と、少女は口元を歪《ゆが》ませて――笑った。

「でも、嫌いじゃないわ」

「その話はもういいだろう!?　今は俺のことより、リステルを――」

　真意を読めず混乱するアルツを後目《しりめ》に、少女は声高に叫ぶ。

「システム起動!!　発進準備!!」

　すると、アルツの背後で物音が響く。振り向くと、壁が横にスライドして開いていた。

「通路、なのか？　さっきまで、あんなものはなかったはずだが……？」

　アルツは少女に向き直り――そして、動けなくなった。

　腕組みをした少女の全身を、あの赤い光が覆《おお》っていたのだ。まるでＸＥＮＯ《ゼノ》を目の前にしたかのような威圧感だった。

「あんた、名前は？」

有無を言わせぬ迫力を伴った声に、アルツの口から自然と返答が漏れる。

「……アルツだ。アルツ・ジオフロスト」

「これだからゼノイドは。名前くらい、ちゃんと日本風にしなさいよ」

「ニホン……？」

「あー、もういいわ。とにかく」

脱力したように小さく息を吐いた少女は、改めて姿勢を正して。

「あたしの名前は、那雪《なゆき》。猫馬那雪《ねこまなゆき》よ」

「……ナユキ」

不思議な響きだった。これが旧人類《プロト・カインド》の名前。少女の名前。

「出撃よ、アルツ。あの通路を進んで」

「そうは言っても、いったいどうするんだ？　旧人類は空を飛ぶ兵器を多用したらしいが、XENOには無力だったと――」

「いいから。あの青い機体を、妹を助けたいんでしょ？」

「……わかった。ナユキを信じよう」

迷っている余裕はない。助けられるというのなら、従うだけだ。

アルツは通路の中へと身を躍らせた。すると照明が順に点灯し、全容を照らし出す。

思ったよりも短い通路だった。すぐに終端までたどり着くと、その狭く薄暗い空間の中には、明滅するいくつもの光点と——二つ前後に並んだ椅子《いす》が見えた。

「これは、まさか……複座の、コクピット……!?」

「あんたの席は前よ。早く座って」

「あ、ああ。了解した」

アルツは促されるまま前部座席に着席し、シートベルトを締める。ナユキも後部座席に腰を下ろすと、周囲の操作盤《コンソール》を慌ただしく操作しながらまくしたてた。

「時間がないわ。操縦方法は一度しか説明しないから、すぐ頭に叩《たた》き込《こ》みなさい。まず、足下のペダルで下半身を、両手の操縦桿《そうじゆうかん》で上半身を制御して——」

「下半身に上半身? では、人型なのか!? しかも、俺《おれ》が操縦……!?」

戸惑うアルツが振り向くと、ナユキは手を止め、視線を横にそらして答えた。

「あたしだって、本当はゼノイドなんかに操縦させたくないわよ。でも、あんたはなんか特別っていうか……って、ちがうちがう! そういうことじゃなくてよ!」

なにがちがうのか、ナユキはぶんぶんと首を振って、自身の言葉を否定して続ける。

「この機体はね、イデアを動力源にしてるのよ。あたしは動力制御と出力調整に専念しなきゃいけない。だから操縦は——アルツ、あんたに任せるしかないの」

「……そういうことか。了解した」

「心配なんかしなくていいわよ。この機体はあたしたち人類の、知恵と勇気と……そして希望の結晶なんだから。さっきの留美《るみ》さんのXENO《ゼノ》撃破数、「生身での」って言ったの

覚えてる？　あたしと留美《るみ》さんがこれに乗ったときのXENO《ゼノ》撃破数は——二〇一五体よ」

　文字通り、桁《けた》が違った。アルツは唖然《あぜん》として声も出せない。

　一方、操作を再開したナユキは、顔をしかめて悪戦苦闘していた。

「あっ、またまちがえた。むうぅ。発進管制とか、なんでこんなめんどくさいの？　オペレーターの人たち、よくできてたわね……って、なにこれ、ルートBしか生きてないじゃない。発進口は——ミッドタウンの檜町《ひのきちょう》公園か。まぁいいわ、そこに設定して、と」

「……大丈夫か？　俺《おれ》に手伝えそうなことがあるなら、言ってくれれば」

「ちょっと黙ってて！　あたしにだって、これくらい……よしっ、できたっ！」

ナユキがうれしげに声を弾ませると、アルツの身体《からだ》にゆっくりとした慣性力が加わった。

　地上へと上昇しているのだ。近づく戦闘の気配に、緊張が走る。

（旧人類《プロト・カインド》の機体……まったくの未知数だが、とてつもない戦闘力を秘めているようだ。しかし、そんなものを俺が扱えるのか……？）

　ふと脳裏をよぎった弱気な思考を、アルツは即座に振り払った。

（いいや！　やるしかないんだ！　リステルを助けるために！）

　アルツは操縦桿《そうじゅうかん》に手を伸ばし、ぐっと握った。

　その瞬間、座席正面のメインモニターが起動し、一面の壁を映し出す。どうやら格納庫の中に機体を搭載したままリフトアップしているらしい。

やがて、その移動が停止した。眼前のハッチが開き、先ほどまでアルツが戦場にしていた風景——雪に覆《おお》われた旧人類の遺跡が、再び目の前に現れた。

ナユキは操作盤《コンソール》から手を離すと、座席脇から線《コード》を伸ばし、左腕に装着された機構へと接続する。

「出力調整者《ドライバー》申請、猫馬那雪《ねこまなゆき》。イデア・シュラウドを機体にフィッティング開始」

ナユキの全身を赤い光が包み——やがてそれは線を通じ、機体へと吸い込まれるように消えた。モニターには様々なチェック項目が表示され、次々に緑色の表示へ変わっていく。

「ＩＳドライブ、起動。ＡＳ変換値、３００mj／g《メガ・ジュール・パー・グラム》で安定。最終安全装置、解除確認」

発進準備を終《お》えたナユキは、「……アルツ」と名を呼ぶ。

「光栄に思うことね。あんたは救世兵器《ゼストマーグ》——世界を救う鋼鉄の神を操れるんだから」

そして、発進。急激な加速力が衝撃となってアルツを襲い、身体をシートに押し付けた。


リステルは死を覚悟していた。

全方向をＸＥＮＯに囲まれている。切り札の超高密度圧縮結晶ブレードは、使用限界時間を超過して融解。通常兵装でこの包囲網を突破するのは、どう考えても不可能だ。

反省する。あれは適切な判断ではなかった。

穴の底に訓練生の機体が落下、生死不明——都市にはそう報告するだけでよかったのだ。

「兄さんの生死確認を優先して、敵の発見が遅れるなんてミスを犯した時点で、僕の負けだったね……」

そのときだ。XENO《ゼノ》たちの視線が、リステル機から外れた。なにかを予知したかのように、全《すべ》てが同じ方向を注視している。

《——漆黒の牙《きば》、各員に通達。ゼストマーグ、ルートBより発進。付近の人員は退避——》

「なに、この声は……。まさか、旧人類《プロト・カインド》の遺跡が再稼働したというの？」

そして、その巨大な構造物は、地面を突き破るようにして現れた。

前後に伸びた長方形。その前面が持ち上がるように開くのを見て、リステルはこれが格納庫だと直感した。だが、やや遅れて思考が、直感を否定する。

もしもあれが格納庫だとしたら、そこに収まっている機体は、なんだというのか。

ゼノ・トランサーではない。開いたハッチの大きさが一回り以上も違う。加えて、ここは要塞《ようさい》都市ではないのだ。増援という可能性もない。では、いったいなにが——？

リステルの疑問に答えるように、それが飛び出してきた。

黒い機体。

足元に板を装着しているのは、ゼノ・トランサーと同じだった。だがその機体は、立ち上がったまま滑走していたのだ。

ただ、それだけの差異。しかしリステルは驚愕《きょうがく》した。

「立ったまま滑走を？　信じられない。どれだけ高度なバランス制御をしているの？」

ゼノ・トランサーが変形して滑走するのは、転倒の危険性を軽減するためである。

全高十メートルにも達する機体を立たせて滑走させるのは、上級機士でも至難の技だ。おそらくリステルもできないだろう。そんな芸当を、あの黒い機体は易々《やすやす》と行っている。

しかも、目視でゼノ・トランサーよりも大きいと、そう判断できるほどの全高で。

やがて、黒い機体は停止した。すると、板は二つに折れ曲がるように跳ね上がり、脚部の前後を覆《おお》う巨大にして攻撃的なレッグ・アーマーとなる。

そのフォルムは、研ぎ澄まされた刀剣を連想させた。あたかも『力』の象徴であるかのような圧倒的存在感を前に、リステルはこれがこの時代《世界》《冬》のものではないと、はっきり理解した。

実際のところ、ゼノ・トランサーとは、倒したXENOを素材にして人型に作り替え、その力を利用している兵器である。つまり、本質的にはXENOでしかない。

だが、あの黒い機体は違う気がした。肌で感じたものをそのまま言葉にするならば——人間が生み出し、人間の意のままに動く、人間を超えた力。

「リステル！　無事か!?」

心臓が鼓動を速めた。もう聞くことはないと思っていた、あの声——。

機体の外部スピーカーを作動させ、コクピットの中からリステルも呼びかける。

「兄さんなの⁉　生きていたんだね……！　でも、どうしてそんな奇妙な機体に⁉」

「はぁ⁉　あんた今、あたしのゼストをバカにしたわね⁉　このカッコよさがわかんないなんて、やっぱりゼノイドね‼」

今度は、心臓が止まったかと思った。

知らない声。女の声。それも、ただの声じゃない。情報としての言葉の羅列ではなく、脳神経に直接作用するような。

「誰《だれ》……？　兄さんといっしょにいるのは、誰なの……？」

「詳しい説明は省くが、彼女は旧人類《プロト・カインド》の生き残りだ。俺《おれ》は彼女と生きていくと決めた」

ばしん、と、なにかをはたくような音が聞こえた。

「だ、だからっ！　誤解を招くようなこと言うんじゃないわよ！」

「そうなのか？　俺は事実を言っただけなのだが」

――知らない。こんな兄さんは知らない。

アルツの姿を見失っていたわずかな間に、いったい何が起こったというのか。

現状の把握が追いつかない。前例のない脳内物質が脳神経を駆け巡るのを感じた。呼吸も浅く、速くなる。

「わからない。なに、この感覚は……？」

リステルは胸に手を置いた。締め付けられるように痛かった。

「それで、俺はどうすればいい？」

「説明したでしょ⁉　機体を操作して、とにかく避《よ》けて、とにかく攻撃を当てる！　出力調整、姿勢制御とか、面倒なことは全部こっちでやってあげるから！」

「このペダルと操縦桿《そうじゅうかん》を使って、か……。よし。やってみよう」

ゼノ・トランサーとは違い、思考ノイズを気にする必要がないのなら、戦える。いや、絶対に戦えるはずだ。――そう自分自身を信じ込ませようと、アルツは強く念じた。

「まずは敵を引きつけて離れるわよ。妹さんの機体から、できるだけ遠くへ！」

「了解だ。……しかし、どうやって？　周囲をぐるりと囲まれているぞ？」

「そうね……。よし、決めた！　あのビルの向こうの敵に照準を合わせて、右の攻撃トリガーを引いて！」

ゼストマーグのセンサーは、ゼノ・トランサーとは比較にならない優秀さだった。障害物をものともせず、敵の方向と距離をしっかりと捕捉《ほそく》している。

ナユキの指示通り、アルツはモニター中央の十字線――ロックオン・マーカーをそこへ合わせ、右手の操縦桿のトリガーを引いた。

――きっと放物線軌道の射撃武器でもあって、遮蔽物《しゃへいぶつ》を越えて攻撃できるのだろう。

そう思っていたアルツの身体《からだ》が、浮遊感に包まれる。

信じられなかった。機体は両の足で地を蹴《け》り、高々と跳躍したのだ。

「と、飛び上がった⁉　この機体、なんて運動性能だ⁉」

　ゼストマーグは、機体の頭よりも高い障害物を軽々と飛び越えた。そして空中で器用に体勢を変えると、右足を敵に突き出す。

「いっけぇぇ！　ブレード・エェッッジ!!」

　ナユキが叫ぶ。すると、脚部前後のレッグ・アーマーがそれぞれ百八十度反転し、足の裏で一つに合わさる。

　板を利用した飛び蹴《げ》りだった。板全体がイデアの赤い光に包まれ、破壊力を倍増。さらに踵《かかと》部分の大型ブースターノズルが展開し、こちらからも赤い光の粒子を吹き上げる。

　落下の勢いに、噴射推進による加速を上乗せした一撃は、トリケラ級を中枢結晶ごと破断した。

　――なにもかもが衝撃的だった。アルツの全身に鳥肌が立つ。

「状況に応じて、武装にも転用可能な板……⁉　そして、この攻撃力……!!　これが夏世界の機動兵器、ゼストマーグ……!!」

「来るわよ、敵の突進！　避《よ》けて！」

　ナユキの声に意識を引き戻されたアルツは、眼差《まなざ》し鋭くモニターを見つめた。トリケラ級が突進してくる。

「移動は――これだったな⁉」

　足下のペダルを踏み込む。レッグ・アーマーが瞬時に展開して板になり、足元の大型ノズルから再び光が煌《きら》めいた。ゼノ・トランサーとは比較にならない速度で滑走した機体は、トリケラ級の突進を難なく回避成功する。

「伸びろ！　ディヴァイン・ストック！」

再びナユキが叫ぶと、機体が勝手に動いた。――いや、彼女が制御してくれたのか。

機体の手が腰部に伸び、ジョイントされていた補助ブースターを取り外した。すると、そこからストックが伸長。腕を振り下ろし雪面に突き立てたそれを支点に、機体はくるりと急速反転。突進してきた敵を正面に捉《とら》える。

「今よ！　撃って！」

「了解だ！」

照準など気にせず、操縦桿《そうじゅうかん》のトリガーを引く。

「イデア充填《じゅうてん》！　穿《うが》て！　ディヴァイン・ブラスター！」

空いていた機体の左腕が、もう一つの補助ブースターをつかむ。イデアの噴射口を敵に向け狙《ねら》いを定めると、赤い光が収束し、光弾が発射される。

――直撃。これもナユキのサポートだろう。正確無比に補正された照準により、トリケラ級の中枢結晶を撃ち抜いた。

もっとも、そんなもの関係なかったかもしれないが。敵の頭部は粉微塵《こなみじん》に砕《くだ》けている。

「つくづくすごいな。速度、火力、運動性、全《すべ》てが計り知れない。……しかし、武装は叫ばないと起動しないのか？」

「イデアは心の力！　アドレナリンどぱどぱ出してテンション上げたほうが威力増すの！　スポーツのハンマー投げと同じよ！」

「そのスポーツとやらのことはわからないが、叫ぶのが必要な手順であることは理解した。多少のうるささは我慢しよう」

「ったく、これだからゼノイドは。そこはあんたも『なら、俺《おれ》もいっしょに叫ぶぜ！』とか言うところでしょうが。空気読みなさいよね」

「空気を読む、だと……!?　それも旧人類《プロト・カインド》の特殊能力か？　見えない文字でも書いてあるのか？」

「慣用句を使ったあたしがバカだったわ……」

ナユキが肩をすくめたそのとき、コクピットに短い警告音《アラート》が響いた。

「アルツ！　右斜め後方から敵が来るわ！」

「なにっ!?」

完全に反応が遅れた。トリケラ級の突進を受けてしまう。

――だが、損傷なし。機体はよろけもせず、逆に跳ね返した。全高十メートルの巨躯《きょく》を誇るトリケラ級が、雪煙を巻き上げ転がっていく。

「中枢結晶を狙《ねら》いにくいわね。こんなときは、左右のトリガーを同時に引いて！」

「こうか!?」

「砲門展開！　アポカリプス・フレア、斉射！」

大きく左右に張り出た肩アーマー。そこには十六の小型砲門が格納されていた。

嵐《あらし》のような弾幕が撃ち込まれ、目標近傍の二体を巻き添えにしたXENO《ゼノ》三体と、さらには周辺の建造物まで、全《すべ》てが原型も留《とど》めず消し飛んだ。これで早くも合計五体撃破。

その先の展開は、戦闘と呼ぶにはあまりに一方的。五分も経《た》つ頃には、周囲に動くものはいなくなっていた。

「これを……本当に俺が……？」

無我夢中で操縦をしていたが、終《お》わってみれば大戦果。

ついさっきは、トリケラ級一体すら倒せなかった。それが今は――。

「はいはい。あたしの存在、忘れないでくれる？　ゼストのエネルギー源は、あたしのイデアなんだから」

「……そうか。ならばこれは、二人の勝利だな」

「あたしに言わせれば、一人と半人前の勝利よ。素人のド下手な操縦のサポートがこんなに大変だとは、思ってもみなかったわ」

ナユキは手足を大きく伸ばすと、シートにもたれかかった。

「撃破数52体、か……。目覚めの体操としては、ちょっとばかりハードだったわね……」

「疲労か？　少し休んだほうが――」

アルツが振り向いた、まさにそのときだった。

コクピットを揺るがす衝撃。飛来した巨大な氷の塊《かたまり》が、ゼストマーグに襲いかかったのだ。トリケラ級の突進をものともしなかった機体が宙に浮き、背後に立ち並ぶ旧人類《プロト・カインド》の遺跡を瓦礫《がれき》に変えながら吹き飛ぶ。

「なんだ⁉　新たな敵か⁉」

モニターを見る。損傷軽微。機体状況を示す各種数値に大きな変動はない。

アルツはペダルを踏み込む。――だが、ゼストマーグは動かない。瓦礫の上に腰を落とし、立ち上がれずにいた。

「……そうね。ちょうどいいから、休ませてもらうわ」

「な……⁉　そんな悠長に構えている状況か⁉」

「だからこそ、よ。これくらいの攻撃、致命傷にはならないわ。戦闘が激化するのは、このあと。接近戦――ティラノ級が本領を発揮する牙《きば》と爪《つめ》の攻撃圏内に入ってからよ」

「ティラノ級、だと……⁉」

言われてみれば、ランク・ガンマの警報が発令されたときも、アルツは氷塊による攻撃を目にしていた。では、これは本当に……。

固唾《かたず》をのんでモニターを見つめていると、降りしきる雪の薄膜の向こうで、ゆらりと巨大な影が揺らいだ。

――間違いない。ティラノ級だ。しかも。

「バカな……。十体以上も⁉」

たった一体を撃退するだけでも、要塞《ようさい》都市は総力戦を強いられた。この機体が驚異的な性能を誇るとはいえ、肝心の動力源であるナユキが消耗している今、どこまで戦えるか。

「……ダメ、だ。勝てるとは思えない」

断続的に降り注ぎ機体に叩《たた》きつけられる氷塊。装甲の軋《きし》む音が、一歩ずつ近づいてくる死の足音に聞こえる。

思い出してしまった。母の最期を。機体が噛《か》み砕《くだ》かれる音とともに、断末魔が──。

「アルツ、こっち向いて」

呼ばれて振り向くと、乾いた音がコクピットに響いた。わずかに遅れて頬《ほお》に熱を感じた。はたかれたのだと、ようやく気付いた。

「あたしたちは、勝つ。勝って生き残る。敗北も、あきらめることも、絶対に許されない。ゼストのコクピットに座るってのは、そういうことよ」

「だが、相手はティラノ級だ！　そう簡単に……！」

「ふぅん。で？」

「で、って……。ナユキの力も消耗しているんだろう!?　状況は圧倒的に不利だ!!」

「で？　不利だったら逃げるの？　妹さんを置き去りにして？」

問われ、アルツは息をのんだ。それではゾットと、父親と同じではないか。

「助けたいさ！　だが、ダメなんだ！　死が目の前にちらついて、消えてくれない……！」

震える両の拳《こぶし》を自らの膝《ひざ》に叩きつけ、顔を伏せる。

思考ノイズで機体が動かないとか、本当はそんなもの関係なかったのだ。この恐怖が消えない限り、どんな機体に乗っていようと——アルツは戦えない。

「……ナユキは、死が怖くないのか？」

「怖いに決まってるじゃない。自分が死ぬかもしれないってときに、恐怖を感じない人間なんていないわ」

「だったらなぜ、そんなに平気な顔をしていられる!?」

「逆に聞くけど、妹さんがＸＥＮＯ《ゼノ》に襲われてるのを見たとき、なにを感じた？　恐怖？ちがうでしょ？」

はっ、と、アルツは顔を上げた。

そうだ。あのときは、死の恐怖など忘れていた。かすり傷すらつけられなかった、苦い経験がある敵が迫り来る状況で、なにか自分にできることはないかと必死で考えていた。

ナユキは「んーっ。休憩終《お》わりっ」と身体《からだ》を軽くほぐすと、コクピットの両脇に手を添えた。そして、その手に流れるイデアを機体に漲《みなぎ》らせる。

「恐怖なんて弱さはね、強い意志でかき消せばいいのよ。それが人間の——心の強さってもんでしょ！」

ゼストマーグの眼《め》に光が灯《とも》り、力強く立ち上がる。

「ゼストはただの兵器じゃないわ。誰《だれ》かを守りたいという願いを、力に変えてくれる。あたしたちの敗北は、人類の敗北。背中には、いつだって守るべき人がいた。だから戦い続けることができた」

「守るべき、人……」

　モニターに映るティラノ級は、その輪郭をはっきり確認できるほど近づいていた。

　このままでは自分たち、そしてリステルもあれに――。

「ここであたしが倒れたら、その人の命も奪われる。そう思ったら、怖いなんて言ってらんないじゃない！」

「……ああ。そうだな、その通りだ。俺《おれ》は、俺の恐怖を――乗り越える！」

　アルツは操縦桿《そうじゅうかん》に手を伸ばし、トリガーを引いた。

　飛来する氷塊を次々に撃ち落とし、続けてティラノ級本体にも光弾を放つ。だが、振るわれた爪《つめ》によって払われてしまう。

「ちっ。さすがに手強《てごわ》いわね。あの爪でガードされると、致命傷にならないわ」

「ならば、これだ！」

　単発ではなく、弾幕。肩アーマーから無数の光弾が発射され、もうもうとした雪煙が立ち上る。その向こうから、なにかが――。

「アルツ！　避《よ》けて！」

「くっ！」

　だが遅かった。ティラノ級が突き出した爪に右肩をえぐられ、腕部が吹き飛ぶ。

　モニターの機体情報欄《ステータス》の一部が赤く染まり、損傷を告げる警報《アラート》が鳴った。

「ピンチはチャンスよ！　攻撃して！」

このタイミングで？　とも思ったが、アルツはトリガーを引いた。

「これならどうよ！　ディヴァイン・ブラスター！　ゼロ距離射撃！」

左腕に構えたブラスターの銃身を、殴りつけるようにティラノ級の中枢結晶へ突き付けて——発射！　光弾は輝く尾を引き、ティラノ級の身体《からだ》を貫いた。中枢結晶を破壊されたティラノ級の身体が、ぐらりと傾き倒れ伏す。

「やったぞ、ナユキ！」

初めての損傷を受けてしまったが、あのティラノ級を撃破することができた。

これならいける——と、にわかにほころんだアルツの表情は、意外な声で固まる。

「つっ……」

ナユキは肩に手を当て、苦しげな声をもらしたのだ。

「どうした？　やはり疲労がひどいのか？」

「ちがうわよ。これはフィードバック。あたしとゼストはイデアでつながってる。ゼストがダメージを受けると、あたしにも痛みが伝わってくるのよ」

「なんだって!?　では、さっきの被弾で……」

じりじりと残りのティラノ級が近づいてくる。アルツは逡巡《しゅんじゅん》の末、機体を後退させた。

「ちょっと、なんで下がるのよ!?　あいつは近づかないと倒せない——」

「だが、それでは君にも危険が及ぶ！」

ナユキは眼《め》をぱちくりと瞬かせた。どうやらアルツの言葉が意外だったようだ。

「……え？　なに、それ？　もしかして、あたしの心配してくれてんの？」

「そうだ。リステルだけじゃない。俺《おれ》は、君にも死んでほしくない」

「なんだかなぁ……。あんたって、人の心をわかってないんだか、わかってるんだか……」

ナユキは笑っていた。その理由がわからず、アルツは首を傾《かし》げる。

「俺はなにか、おかしなことを言ったのか？」

「ちがうわよ。これは苦笑いっていうの」

そして、いきなり頭を下げた。

「さっきは、その……悪かったわね。勢いだとしても、死ねとか言って」

今度はアルツが戸惑う番だった。口を開こうとすると、ナユキがそれを手で制した。

「いいから聞いて。ゼストが二人乗りの理由よ」

「それは、操縦と機体制御の役割分担じゃないのか？」

「機能的には、そうね。でも、もう一つ理由がある。ゼストは人類を守るために作られ、人類を守るときに、その力を発揮する。だけど守るべき人類がいなくなったら……？」

まさしく今の状況だった。旧人類《プロト・カインド》はたったの二人。さらに生存が確認されているのは、ナユキ一人しかない。

「それでもゼストは戦い続ける。共に戦う、もう一人のパイロットを守るために。お互いがお互いを守ろうと思う気持ちがある限り、ゼストはそれに応《こた》えてくれる」

もう一度、ナユキは笑った。

今まで彼女が笑ったとき、アルツにはその理由が不明だったが、今度はちがった。

眼《め》が、声が、全《すべ》てがアルツを包み込むように感じた。

「あたしも、あんたには死んでほしくない。力の限り守ってみせる。だから——」

天を見上げ、叫ぶ。

「応《こた》えて！　ゼストマーグ！　あたしの想《おも》いを力に変え、勝利へ導いて!!」

狭いコクピットに声が反響し、やがて消えるころ。

ぼうっ、と、内壁全体が赤く光り始めた。モニターの数値も急上昇。一定値を越えたところで文字が表示された。アルツをナユキの元へと導いた、あの単語が。

「——白銀新生、だと!?」

「応えてくれたっ……！　ありがとう、ゼスト！」

「白銀新生とは、いったいなんなんだ!?　教えてくれ、ナユキ！」

「人の心が生み出す奇跡——イデアの力の究極型よ！」

奇跡。

初めて耳にしたその言葉がどんな意味なのか、アルツが問う必要はなかった。

眼前で起こりつつある現象。それが全てだった。


リステルには、なにもかもが信じられなかった。

アルッが生きていたことも、旧人類《プロト・カイント》の女性と一緒にいることも。そして、アルツが駆る謎《なぞ》の機体が瞬く間にトリケラ級の大群を全滅させ、あのティラノ級ですら屠《ほふ》ったことも。

――あれは兄の真似《まね》をした別のなにかなんじゃないか。

そんな思考すら脳裏をよぎり始めたとき、機体が大きく揺れた。黄色のゼノ・トランサーにかつぎ上げられたのだ。モニターに映った通信相手は、仮面の男。

「無事かね？　リステル準機士」

「クーラ上級機士長？　なぜここに？」

「XENO《ゼノ》が大量発生したという報告を受けて飛んできたのだが……。まさか、こんな事態になっていようとはな」

「僕も、どこから報告したものか。まず、あの正体不明の黒い機体ですが――」

「いや、いい。ゼストマーグに関しては、よく知っている。……リヒト、そして、リュミエールめ！　この私が、まんまと騙《だま》されるとはな！」

ぎり、と、クーラは歯をきしませた。

「え？　それは、どういう――」

だが、その答えが聞かされることはなかった。

「なんだと!?」

黒い機体を中心に赤い光が渦巻く。それを形成していたのは、雪だ。決して溶けることのないアウター・スノウが昇華し、半球状に収束。機体を完全に覆《おお》い隠した。

「まさか、白銀新生に成功したのか!?」

やがて、目を眩《くら》ます閃光《せんこう》が爆《は》ぜる。赤い幕が消えた後、そこにあるものは一変していた。

むき出しになった、あちこちがひび割れた道路。その中心に立つのは、再生された腕に巨大な武器を構える黒い機体の姿。銃身の長大さたるや、機体全高を優に越えていた。

「退避だ！　あれは宇宙創世の光──対消滅反応に匹敵する、いわば局所的ビッグ・バンだ!!」

リステル機を抱え、クーラ機は全速力で後退した。モニターに映る黒い機体──アルツの姿が、瞬く間に小さくなっていく。

そのときだ。リステルの耳に、不思議な声が聞こえてきたのは。

《──リステルは、俺《おれ》が助ける！　必ず助けてみせる！──》

それは、ただの空気の振動としての音声ではなかった。リステルの脳の中で眠っていた【なにか】を震わせ、呼び起こすように、直接的に響いてくる。

「兄、さん……？」

ありえない感覚だった。まるでアルツが寄り添っているかのごとく、彼を近くに感じる。

──暖かい。

そう。アルツは暖かかった。体温が、ということではない。

思い出す。本当はずっと昔から、この感覚を知っていたのだ。アルツと顔を合わせて、言葉を交わすたびに。

今までの自分は、それをただのエラーとして処理してきた。当然だ。アルツの脳は思考ノイズが多発する、いわば欠陥品に等しい。そこから自分に送られてくる信号なのだから、エラーが混じっているのだ、と。

だけど……ああ、どうして今まで気付かなかったのだろう。

その思考ノイズは、こんなにも暖かく、心地がいいものだったなんて。

もっと彼と言葉を交わしたい。もっと彼の顔を見ていたい。もっと彼に――近づきたい。

これが思考ノイズだというのは理解できた。でも、そんなのもう、どうだっていい。

「兄さん。兄さん。僕は……！」

しかし、アルツとの距離は刻一刻と離れ、彼のくれる暖かさも遠のいていく。

「いやだ、待って！　兄さん！　兄さぁぁんっ!!」

出したこともない大声で喉《のど》が切れたのだろう。思考ノイズに従うまま発した初めての言葉は、血の味がした。


「損傷箇所が修復され、新たな武器が現れた……!?　これが白銀新生!?」

「まだまだ！　武器を手にしたってことは、次にどうするか――答えは一つでしょ！　さあいくわよ！　イデア充填《じゅうてん》開始！」

ごうっ、と、機体を中心に風が吹き荒れた。やがて、さっきとは比べものにならないほど広範囲から、赤い光が集まってくる。ティラノ級の足下の雪も例外ではなく、みな嫌がるように距離を取って後退した。

とんでもないことが起ころうとしている——それは敵も感じたのだろう。一斉に口から氷塊を吐き飛ばす。

だが、避《よ》ける必要すらなかった。銃身へ流れ込む赤い吹雪《ふぶき》に触れただけで、氷塊は一片も残さず融解する。それればかりか、新たな赤い光となって吸収される。

「これが……奇跡……」

アルツはごくりと喉《のど》を鳴らした。トリガーにかかる指が、わずかに震える。

強大な力が自分の意のままになる。それは喜ばしいことのはずだ。事実、トリケラ級を全滅させたときは、純粋にうれしかった。

だが今は違う。どこか恐怖を禁じ得ない。

「あたしとあんたって、もしかして似てるのかもね」

不意にかけられた言葉に振り向くと、ナユキは視線を上向けて続けた。

「留美《るみ》さんと乗ってたときはね、あたしが操縦者だったのよ。そんで、あんたと同じように、留美さんが傷つくのを嫌がって……白銀新生の力を託されたときは、指が震えて……」

そして、ナユキは視線を戻し、アルツの瞳《ひとみ》をのぞき込んだ。

「これは確かに、人智《じんち》を超えた力よ。加減なんかできない。敵だけでなく、目の前にある全《すべ》てが跡形もなく吹き飛ぶわ。……だけど、あたしはアルツを信じた。あたしの力、正しく使ってくれるって思えた」

　――指の震えが、止まった。アルツは正面に向き直る。

「ありがとう。もう大丈夫だ。こうして見えなくても、背中にナユキを感じる。俺《おれ》は――

一人じゃないんだな」

「だ、だからまた、そういうこっ恥ずかしいことを！　……でもまぁ、そうね。このコクピットに座ってる限り、あたしたちは一人じゃないわ」

　まるでアルツの準備が整うのを待っていたように、エネルギー充填《じゅうてん》が完了。モニターの兵装欄に新たな武器名が追加される。

「この名称は……？」

「あたしが思いついた名前が自動登録されたのよ。この武器は、あたしのイメージが――願いが、形になったものだから」

「……なるほど、そういうことか。だが好都合だ。これで俺も叫びやすくなった」

　すると、ぷっという息を吹き出す音が聞こえた。どうやらナユキが笑っているらしい。

「なぜ笑う。そうしろと言ったのは、ナユキだろう？」

「い、いや、そうなんだけど。あんたって本当に、おかしなゼノイドよね」

「それは自覚している。俺の最終目標は、旧人類《プロト・カインド》になることだからな」

「じゃあ、人間への道！　ひとーつ！　必殺技を叫ぶときは、腹の底から声を出すこと！」

「了解だ！　いくぞ、ナユキ！」

アルツはトリガーを引き――心を解き放つように叫ぶ。

『インフィニティ・メサイア・カノン!!』

それはナユキの声と重なり、イデアの力と溶け合って、敵を討ち滅ぼす。

光。渦巻く。赤。血のような。地を割り。世界を。灼《や》き。貫き。

――――。

ナユキの言葉通りだった。光の嵐《あらし》が過ぎ去った後には、XENO《ゼノ》も、雪も、旧人類《プロト・カインド》の遺跡すらなく。むき出しになった地面が、どこまでも広がっていた。

「終《お》わっ、た……？　全滅させたのか？　あのティラノ級を？」

「そう。あたしたちの勝利よ」

それを物語るように、白銀新生によって作られた武器は役目を終えていた。赤い粒子となり、降り続ける雪にまぎれて消えていく。

あれほどの戦闘で地上が一変しても、空だけは――あの雲と雪は変わらない。やがてはこの大地も、再び雪原となってしまうだろう。儚《はかな》い夏世界の残滓《ざんし》だった。

「……さて、とりあえずXENOも撃退したし、次は留美《るみ》さんを取り戻さないと。どこから探したものかしらね」

「そのことなんだが、アカツキに――ゼノイドの都市に行ってみないか？」

アルツの提案に、ナユキはあからさまに顔をしかめた。

「あんたを百倍ひどくしたような、人間モドキがうじゃいるんでしょ。ごめんだわ」

「だが、このエリアで都市はそこしかない。ルミという人が生きているなら、最終的には必ずたどり着く場所だと思うが」

「うーん……。そう言われちゃうとなぁ……」

ナユキは腕を組んだ。どうやら迷っているらしい。

その様子を見たアルツは、無言でペダルを踏み込んだ。

「うわ！　ちょ！　いきなり動かすんじゃないわよ!?」

「ナユキが判断を保留しているようだったので、俺《おれ》が決めた。問題があるなら撤回するが」

「……仕方ないわね。どうせ他に当てもないし、あんたに任せるわ」

「了解だ。信じてくれて、ありがとう。俺が君のためにできることは、なんでもしよう」

「だ、だからまたっ、そうストレートに……！」

ばしん、と、後頭部をはたかれた。振り向くと、ナユキの頬《ほお》はまたしても赤かった。

「大丈夫か？　やはり体調不良なんじゃないのか？」

「だから、これは……。あーもう！　知らないわよ！　バカ！」

もう一度はたかれた。

「なるほど。まだまだ人間への道は遠い、ということか……」

ひりひりと痛む後頭部をさすりながら、アルツはしみじみとつぶやくのだった。

※　※　※

ホワイト・ホライゾン。それは、この冬世界の果て。

雲よりも高い、見渡す限り広がる白い壁。その内部では絶対零度の猛烈な吹雪《ふぶき》が吹き荒れ、XENO《ゼノ》ですら凍《い》てつかせる。この突破不可能な障壁により、世界がいくつもの小さなエリアに分断されたと同時に、冬世界が始まった。

要塞《ようさい》都市『アカツキ』は、そのホワイト・ホライゾンを背にした半月状の都市である。さしものXENOもこの壁を越えて襲ってくることはなく、正面だけを警戒していればいいという防衛上の利点があった。

「見えてきたぞ。あれがアカツキだ」

アルツが振り返ると——ナユキはぐったりとしていた。

「どうした？　大丈夫か？」

「どうしたもなにも、あんたのせいよ……！　どんだけ走り回らせるの!?　あれから、もう半日はたってるわよ!?」

「遠征に出たのは、はじめてだった。案内役のリステルとはぐれてしまった以上、都市の場所は不明だ。探すしかない」

XENOの掃討後、リステル機の姿はどこにもなかった。白銀新生の一撃に巻き込んでしまったかと心配したが、ナユキは急速接近・離脱した機体を捕捉《ほそく》していたらしい。おそらくそれがリステルを救出したのだろう。

（……無事だといいんだが。都市に戻ったついでに、確認しよう）

強固な外壁に覆《おお》われた、見慣れた都市の外観が近づく。アルツがふと気を緩めたそのとき、あの音が聞こえてきた。

《──緊急警報ランク・ベータ。繰り返す、緊急警報ランク・ベータ──》

「なに⁉　まさか、XENOが⁉」

「……ちがうみたいよ。ほら」

尖塔《せんとう》から緊急発進したゼノ・トランサーの部隊が、外壁を飛び越え滑走してくる。

──ゼストマーグに向かって。そして統率のとれたフォーメーションから、いきなりの十字砲火。牽制《けんせい》や威嚇ではないのは明白だった。

ゼストマーグの装甲表面を覆うイデア・シュラウドにより、この程度の攻撃は全《すべ》て無力化される。強行突破も可能だったが、あえて機体を停止させた。

「ナユキ、通信は繋《つな》げられないのか⁉」

「たぶん無理よ。ゼストの通信はイデアを介したものだから。あの機体にその受信装置があれば、話は別だけど」

「ならば、俺《おれ》の声を外に！　それならできるだろう⁉」

アルツの問いに、ナユキは無言でうなずいた。

メインモニターの片隅に、外部スピーカーが駆動したことを示すアイコンが点灯する。

「やめろ！　俺は管理番号CDIP・043、アルツ・ジオノロスト！　都市の訓練生だ！」

アルツの呼びかけにも攻撃の手は緩まず、部隊先頭の一機から返答がもたらされる。

「ゾット司令は、その機体を都市への脅威と判断された。よって迎撃する」

「そんな……!?　ならば司令に伝えてくれ！　俺《おれ》たちは、ある人を探して――」

コクピットを襲った激しい揺れに、アルツの言葉は途切れた。ナユキは舌打ちをして、ゼストマーグを防御態勢に移行させた。両腕でガードし、足を踏ん張らせる。

「あの白い機体、他とは段違いね。一発一発が重いくせに、連射性能まで……！」

隊列中央に陣取っていたのは、大型ライフルを構えた白いゼノ・トランサー。分厚く頑強な追加装甲をまとった姿が、威圧感を醸し出している。

「機密情報に該当機体を確認した。夏世界の遺物。それが有する熱はXENO《ゼノ》を呼び寄せる。我らの都市には不要な存在だ」

耳に痛みを覚えるほどの高圧縮言語。間違えようもない。ゾット司令だ。

「去れ、アルツ。選別試験は不合格とする。いかなる交渉権も、そちらには存在しない」

「父さん……！」

アルツの表情が強《こわ》ばる。乗っているのがアルツだとわかっていながら、平気で切り捨てた。せめて話くらいは聞いてくれると思っていたが、甘かったのだ。

「なんで片言!?　ちょっと、全然わけわかんないんだけど!?」

ゾットの言葉はナユキに通じなかったようだが、無理もない。

彼は「アルツ。選別試験、不合格」としか発音していないのだから。

「圧縮言語だ。一単語の中に情報を圧縮し――」

アルツは説明しようとするが、状況はそれを許さなかった。

第三勢力の出現。ゾット機の武器が、何者かの射撃で弾《はじ》き落とされたのだ。ゾット機が振り向く。その先には、黄色のゼノ・トランサーがストック・マニューバを構えていた。

「司令。それは早計かと。ここはまず、話し合いの場を持つべきです」

圧縮言語を一切用いないゼノイド。アルツはその声に聞き覚えがあった。そしてナユキもまた、その機体に見覚えがあったらしい。

「クーラ上級機士長!?」「アルツの妹を助けた機体!?」

二人同時に発した言葉に、お互い顔を見合わせる。

「やはり、また会えたな。アルツ君。そして夏世界の少女。はじめましてだな」

クーラの機体は疾風となって駆け、次々に部隊を無力化していく。

ゾットが戦闘停止の命令を発したのは、間もなくのことだ。部隊は瞬時に従い、司令機を守るような密集待機陣型をとった。

「……問おう。クーラ上級機士長。何が目的だ？」

「あまり彼らを刺激しないほうがいい、ということですよ。その気になれば我々など一瞬で葬られるでしょう。十を越えるティラノ級を消滅させた、あの力をもってすれば」

クーラの放った言葉は、波紋となって部隊に広まった。

「ティラノ級撃破、可能？」「推測。不可能」「反駁《はんばく》。装甲堅牢《けんろう》」「補足。未確認動力検出」

　圧縮言語による、極めて簡略化と効率化がされた事実検証が、そこかしこで開始される。

それを見たナユキは顔をしかめた。

「うっわ……。なにこいつら。本当にロボットね。アルツがどれだけまともなのか、よくわかったわ。……そして、あいつも」

　警戒心をにじませた視線を、クーラの機体へ向ける。

「そこの黄色い機体のパイロット。あんたも、他のゼノイドとはちがうみたいね」

「故あって、夏世界と旧人類《プロト・カインド》に精通している。君たち、そしてその機体のことは、それなりに理解しているつもりだ」

「クーラ上級機士長！　俺《おれ》たちは、人を探しに来ただけなんです！」

「それはつまり、用が済んだら出ていく、と？」

「はい。司令に言われるまでもなく、俺はもう、ここで生きていくつもりはありません」

　アルツなりの意地であり、決意だった。

　都市に、父親に捨てられたのではない。自分のほうが、この都市を捨てたのだと。

「なるほど。……司令、お聞きの通りです。私こと上級機士長の管轄下に置くことを条件に、この者たちの行動権限を認めていただけないでしょうか？」

「ちょっと待ちなさいよ。あんたに従えって言うの？」

「いいや、これは取引というものだ。私が君たちに望むのは、防衛力。ＸＥＮＯ《ゼノ》が攻めてきたときには力を貸してほしい。その代わり君たちの自由と、人探しの協力を約束しよう」

「傭兵《ようへい》になれってこと？　……いいわ。あんたに頼まれるまでもなく、ＸＥＮＯは必ず、あたしが倒すもの」

「交渉成立、だな。さて、司令。彼らはＸＥＮＯ迎撃を確約しましたが？」

「……君に任せよう。全隊、撤収」

あっさりと折れた。ゾットは隊を引き連れ、都市へと戻っていく。

「あの父さんが、こんな簡単に……!?」

「クーラって男に言いくるめられたのよ。あいつ、いったい何者なの？」

それぞれ違う意味で驚くアルツたちに、そのクーラが声も高々に宣言する。

「ようこそ、要塞《ようさい》都市アカツキへ。私は君たちを歓迎する。上級機士長の名の下に、その機体――ゼストマーグを、独立戦闘特機として容認しよう」

※　※　※

一方、クーラに救出され、要塞都市に帰還《きかん》していたリステルは。

「なぜ……？　なぜ、機体が動いてくれないの？」

コクピットの中で呆然《ぼうぜん》としていた。奇《く》しくも、アルツと同じ立場になったように。

「でも機体が動いたら、兄さんと戦わなくちゃいけない。そんなのは……いやだ。僕は、いったいどうすれば……」

リステルの中で、司令の命令は絶対である。だが今では、それと同じくらい——いや、それ以上に、アルツのことで頭がいっぱいだった。

そのとき、通信が入った。モニターに映し出された相手は、ゾット司令。

彼の用件は不明だが、この好機を逃す手はない。リステルは機先を制して懇願する。

「司令！　お願いです！　兄さんの迎撃は——」

「それは終了案件となった。クーラ上級機士長の管轄下となることで、あの機体の都市における行動の自由は保証された」

リステルは胸をなでおろした。どうやら最悪の事態は避けられたようだ。

しかし続くゾットの言葉は、ある意味ではそれ以上の絶望を、彼女にもたらした。

「私の用件は異なる。リステル準機士。現時刻を以《も》って、君の機士資格を剝奪《はくだつ》。初等訓練生として、再度の教育カリキュラム受講を命じる。無論、支給した機体も回収する」

「初等訓練生!?　そんな、なぜですか!?」

本来ならば、培養装置を出たばかりの子供に与えられる称号である。彼らは機体に搭乗することは許可されず、平時は教育カリキュラムを受け、有事の際には兵装施設で砲手となるのが任務だった。

「君の思考ノイズは、許容されるレベルを大きく逸脱している。教育カリキュラムで改善が見られないようならば、選別試験も検討する。用件は以上だ」

その言葉を最後に、一方的に通信が切られた。

リステルは信じられないといった様子で視線を泳がせ、口を震わせた。

「初等訓練生……。あんなスケジュールじゃ、兄さんに会いに行くこともできない……」

培養装置を出たばかりのゼノイドには、個人差こそあれど多少の思考ノイズが存在する。

それを徹底した管理教育で抑制し、X結晶機構に――つまりはこの要塞《ようさい》都市のシステムに適応させていくのだ。

幼い子供たちに混じり、初歩的で厳格な教育を受けなおす。それ自体は、どうでもいい。

ただ、アルツに会えないことを考えると、胸が締めつけられるように痛かった。

「うっ、うぅ……。兄さん。会いたい、会いたいよ……」

眼球の異常でもないのに、保護液の分泌が止まらなかった。

頬《ほお》を流れ落ちる液体の名称も、意味も、リステルはいまだ知らない。

――そんな彼女に、囁《ささや》きかける声が一つ。

「その涙は、君が感情に目覚めた証《あかし》だ。あえて言わせてもらおう。おめでとう、と」

不意に舞い込んできた通信。しかし映像はない。音声のみだった。

「え？　そ、その声は……？」

「私は君を歓迎する。そして、新たな力を与えよう。君が今、心に思い描いている人を、守るための力を」

「兄さんを、守る力……？」

それは果たして、リステルに差し伸べられた救いの手だったのか。
あるいは——。

# 第二章

# Chapter: 02

Xestmarg of silver snow

ナユキは憤っていた。どれだけ人を待たせれば気が済むのだろう、あの仮面は。

「ったく、遅すぎよ！　通信機を用意するだけで、どうしてこんな時間かかるの⁉」

元々はクーラの態度に対してだったが、あまりにもイライラが持続するものだから、次第にその矛先は変化していった。

だって仮面である。怪しいなんてもんじゃない。できれば口もききたくなかった。こんなのが組織の幹部だなんて、本気でどうかしている。

アルツもアルツだ。あいつを見て、なぜそんな落ち着いていられるのか。どいつもこいつも、ゼノイドなんて――などと、目に映るもの全《すべ》てがストレスになりそうだった。

ようやくクーラが戻ってきたのは、まさに苛立《いらだ》ちが頂点に達したときだ。

「待たせてしまったな。許せ。急な用件が入ってしまったのだ」

「本当に待たされたわよ。で、それが通信機？」

「そうだ。ＸＥＮＯ《ゼノ》が要塞《ようさい》都市に襲来した際には、これに救援要請を送る。その代わり、この要塞都市を自由に行動する許可を与えよう」

クーラから薄緑の板を手渡されながら、ナユキは皮肉めいた笑みを浮かべる。

「なにが自由よ。いきなり検閲を強制しといて。とんだ二枚舌ね」

ゼストマーグは今、要塞都市の格納庫内で仰向《あおむ》けに寝そべっている。彼らの機体はゼストマーグよりもサイズが小さく、こうでもしないと入れなかったのだ。

横たわる愛機にゼノイドたちが群がり、あちこちを調べている。まるで自分自身の身体《からだ》を弄《もてあそ》ばれているようで、ナユキの内心は穏やかではない。だがこれも留美《るみ》さん捜索の手がかりを得るため……と、必死で自制しているのだ。

そんなナユキの神経を逆撫《さかな》でるのが、クーラだった。

「そう言ってくれるな。私も心苦しいが、責任というものがあるのでね。君たちやこの機体に危険性がないことを証明するためにも、協力してほしい」

クーラはそう言うと他のゼノイドたちに混じり、機体を事細かにチェックしはじめた。

仮面の下から時折もれる「ほぉ」や「なるほど」という、感心したようなつぶやきと、先の心苦しいという言葉を結びつけるのは、なかなか困難だったが。

「ナユキ、どういうことだ？　この人には舌が二枚あるのか？」

「あー、もう！　アルツは黙ってて！　話がややこしくなる！」

二人のやりとりを聞いていたクーラは、「はっはっは」と、声に出して笑った。

「ゼノイドには、だます、嘘《うそ》をつくという概念がないのだ。理解できなくとも無理はない」

「ふぅん。まるで、自分は理解できてるって口振りね」

「知っていることと理解することは、似て非なるものだ。私はそこまで傲慢《ごうまん》ではない」

その人を食った口ぶりがまた、おもしろくない。こいつ、本当にゼノイドなのか？

ナユキは腕を組み、クーラを急《せ》かす。

「検閲ならもういいでしょ？　で、留美さんを探すための協力ってのは？」

「もちろんだとも。ポイントF90へ向かうといい。夏世界の研究を行っている組織――

『ノア機関』を紹介しよう。あそこでは、夏世界の食料の再生なども試みている。旧人類《プロト・カインド》にとって、食物は必要不可欠なのだろう？」

「……なるほどね。もしも留美《るみ》さんがここに来たなら、いつかはたどり着く施設だわ」

するに、肩がとんとんと叩《たた》かれた。振り向くと、口元を片手で押さえたアルツが、なにやらもの言いたげな視線を送っていた。ナユキはあきれたように、ため息をつく。

「確かに黙ってろとは言ったけど、そこまでしろとは言ってないわよ……。で、なに？」

アルツは律儀に「発言許可、感謝する」と、ナユキに礼を言ってからクーラに向き直り、彼にも頭を下げた。

「リステルの救助、感謝します。それで、彼女は無事なのですか？」

「無論だ。まぁ軽症は負っていたが、心配ない。会いに行くかね？」

「いえ、結構です。無事さえ確認できれば。俺《おれ》はもう、この都市とは無関係ですから」

――本当は会いたいんじゃないの？　そう思ったが口にはしなかった。アルツの決意に水を差すことになる。

人間になりたい。そんなことを思うゼノイドがいるとは驚きだったが、ナユキは信じた。アルツの言葉には不思議な力がある。

それはきっと、彼が全《すべ》てにおいて必死だからなのだろう。生きること、感じることに。言葉を覚えたばかりの幼子が、限られたボキャブラリーの中で悪戦苦闘しながら、自分の思いを口にするように。

だが、この男は、まったくちがう。

「……そうか。では、私はこれで失礼する。最後に――ナユキと言ったか、君に嘱託機士《しょくたくきし》の称号を授けよう。これからは『真炎を統べる者《ノヴァ・マスター》』を名乗るがいい」

これである。淀《よど》みなく言葉を紡ぐといえばゼノイドらしいが、あまりに感情の色が濃すぎる。まるで一人だけ演劇の舞台に立っているようだ。

「そりゃまた、ステキな二つ名ね。どっからそんな単語を仕入れたのかしらないけど」

軽い皮肉に対し、クーラは口元だけの意味深な笑みをもって返答とした。去り行くその背中が見えなくなるまで、ナユキは注視し続けるのだった。

※　※　※

クーラに示された『ノア機関』のポイントは、アルツが知っていた。彼の案内で、ゼストマーグは要塞《ようさい》都市『アカツキ』を進む。モニターに映るのは、白い街並み。降りしきる雪と同化し、その全体像はどこかぼやけて見える。

ナユキには想像以上の素っ気なさだったが、ゼノイドはなんでも雪から作ると聞いて、驚くと同時に納得した。雪に覆《おお》われ閉ざされた冬世界では、建材がないのだから。

（あたしたちだって、ゼストを作るために街中から鉄をかき集めてきたわけだしね……）

ホワイト・ホライゾンによって、かつて東京と呼ばれたこの地は、外界と隔絶された。

もちろんそこに鉱脈などあるはずもなく、千トンという膨大な量の金属を、電化製品や建物の廃材でまかなった。いわゆる都市鉱山というやつである。

そうして完成までに要した期間、実に十年。

ありとあらゆる意味で、ゼストマーグは夏世界の結晶なのだ。

だが、先のクーラの言葉ではないが、理解できるのと共感できるのは、また別である。

やはりナユキは、ここは人の住む街じゃないと思った。

建物には、その時代、その風土、そこに住む人の精神性が宿る。和風建築はその最たる例で、障子紙一枚を隔てただけで別の部屋としてしまえる感性は、西洋にはない。あちらで部屋と呼ぶのは、厚い壁と扉で仕切られた密室のことだけだ。

では、この要塞《ようさい》都市はどうか。窓がまったくない、ただの白い箱の中に住む者の気持ちなんて、わかりそうもなかったが。

「本当、おもしろみのない街ね。繁華街とか行けばマシ、とも思えないし」

「ハンカガイ？　なんだ、それは？」

アルツの言葉は予想の斜め上だった。ナユキは絶句するが、これがゼノイドか——と妙に納得して、どうにか二の句を告げる。

「……まさかと思うけど、お店くらいあるわよね？　市場でもいいわ。とにかく、人が集まって物を売り買いして、なんかこう活気があって——」

だが、アルツの怪訝《けげん》な表情は変わらない。ナユキは恐る恐る質問を口にする。

「そもそも、通貨ってあるの？　お金よ、お金」

「…………？」

アルツは沈黙を守ったまま。ナユキを絶望させるには十分な反応だった。

そう。この都市では、経済活動という概念がないのだ。

夏世界、とりわけ近代においては、貨幣とは労働の対価であった。人々はそれで食料を得て、服を得て、住居を得た。つまり、生きるためにお金を稼ぐ必要があった。

では、彼らゼノイドはどうか。

食料である雪は、放《ほう》っておいてもいくらでも降ってくる。服も住居も、さらには機体も、XENO《ゼノ》から得た素材と雪を混合させることで、様々なものが製造できるらしい。ここが冬世界である限り、彼らは生活に苦心する必要はないのだ。命を脅かす天敵、XENOさえいなければ、まさに楽園といってもいい。

これが雪を食べるということの意味。

社会の基本構造からして、自分たち人類と異なる種なのだと、ナユキは思い知った。

(どうりで、宇宙人の街みたいに見えるわけね……。居心地が悪いったらないわ)

毒づきながら、意識をゼストマーグの足下に向けた。気に入らないと言えば、これもだ。

地面の揺れに気付いたゼノイドたちが、ゼストマーグを見上げる。この冬世界で一般的な機体よりも巨大な人型兵器が、その威容を誇るように両の足で闊歩《かっぽ》しているのだから、当たり前だろう。

だが、その後が解せない。一度だけ見上げ、それきり興味をなくして前に向き直るのだ。

振動源は確認した。以上。……そんな乾いた声が、今にも聞こえてきそうだった。

特に許せなかったのが、子供たちだ。大人はまだいい。大人は。ゼノイドなんてそんなもんだと、自分に言い聞かせれば。

（だからって、子供までロボットみたいに振る舞わなくてもいいじゃない⁉）

ナユキは思い出す。初出撃で大戦果を挙げ、人々の元へと凱旋《がいせん》したときのことを。

迎えてくれたのは、人々の笑顔と歓声。なかでも子供たちは全身でその喜びを表現するように、ゼストを見上げて手を振りながら、いつまでも追ってきた。踏《ふ》み潰《つぶ》してしまいそうだから近寄るなと注意しても、興奮しきった彼らには右から左。

子供たちをゼストの手に乗せようと言ったのは、留美《るみ》さんだった。彼女の繊細にして大胆なイデアにより、ゼストは慈愛すら感じさせる所作で、その手に小さな命を包み込んだ。

眼下には滅び行く街並みが広がっていた。だが、それを見渡す汚れのない瞳《ひとみ》は、憧憬《しょうけい》と希望に輝く。ナユキは愛《いと》おしさに胸が締め付けられた。

──守ってみせる。必ず。この子たちの未来を。

そう誓ったのだ。それなのに、現実は……。

逡巡《しゅんじゅん》の後、ナユキは動いた。動いてしまった。背を向けて雪上を歩くゼノイドの子供を、ゼストの両手で雪ごとすくい上げた。ナユキの心の熱を受け、瞬く間に溶けたアウター・スノウが、春の日差しを感じさせる暖かなエネルギーの清流となる。

「どう？　寒くないでしょ？」

熱がXENO《ゼノ》を呼び寄せるこの世界において、暖房は禁忌である。それが許されるのは、XENOをものともしない圧倒的な強者のみ。寒さに凍えながら日々を送るのは、人間もゼノイドも同じ。たとえ彼らに感情がないとしても、肉体的な心地よさは感じるはずだ。

子供が呼びかけに振り向く。初めて体験する暖かさに、果たして、その瞳は――。

「降ろして」

なにも映してなどいなかった。眩《まぶ》しさも、暗さも、なにも。

ただ光を受容して電気信号に変換するだけの器官。それがゼノイドの瞳。

「スケジュールに遅れる。降ろして」

「…………そっか。ごめんね」

ナユキは笑いかけた。どうしてそんな顔ができたのか、自分でもわからなかった。親を失った孤児たちの面倒を見てきた故の習性か、もしくはそれ以外のなにか――。

再び雪の上に降ろされたゼノイドの子供は、一瞥《いちべつ》もせずに去っていった。モニターに映るその後ろ姿を無言で見送っていると、アルツがおもむろに口を開いた。

「以前の俺《おれ》は、ああなりたいと思っていた。なにも感じることなく、XENOと戦うため生きるだけの存在に」

そして、後部座席のナユキを振り向く。彼にはささやかだが、確かに笑顔があった。

「だが、今はちがう。俺はこの感情を――ナユキのイデアに包まれ、暖かいと感じられることを、すばらしいと思っている」

機体を覆《おお》うイデア・シュラウドの断熱効果により、冬世界の凍える寒さは届かない。戦闘行動により加熱した機体は、むしろ室内を適温に保ってくれた。

アルツも最初は戸惑っていたようだが、それが心地よいものだとわかると、感動したように軽装となった。

「……だからって、あたしの前で堂々と裸を見せるのは、もうやめてよね」

「了解している。俺《おれ》にはまだわからないが、恥ずかしいという感情だったな。見るほうも、見られるほうも」

淡々と受け答えるアルツに、ナユキは内心でため息をついた。まるで図体《ずうたい》がでかい幼児の世話をしている気分だ。いや実際、精神年齢的には大差ないだろう。

しかし、全《すべ》て投げ出したくなるかと言うと、またちがった。むしろ懐かしくすらある。

アルツが末っ子だとしたら、自分が次女、留美《るみ》さんが長女で……と、そんな奇妙でほほえましい想像をしてしまうほどには、この状況を受け入れていた。

「ナユキ、見えてきたぞ。ノア機関だ」

呼ばれ、意識を引き戻す。ただの白い箱ばかりで見分けがつかないが、この建物らしい。

アルツに歩行を停止させると、ナユキは機体に跪《ひざまず》くような降着体勢をとらせる。

「っと。降りる前に補充しておこう。なにがあるか、わかんないし」

コクピットの床のカバーを開ける。そこには雪が詰まっていた。

ゼストマーグの動力源はイデアだが、それはアウター・スノウが人間の心の炎――精神の波動によって融解することで発生する。機体腹部は、その燃料であるアウター・スノウの貯蔵庫だった。ナユキはそこから雪を一掴《ひとづか》みし、手甲の機構に詰める。

「今のは、なんだ？」

アルツが聞いてきた。ナユキは「ああ、これ？」と、手甲を見せながら説明する。

「イデアの使用をサポートする補助デバイスに、雪を補給してたのよ。ベルト型とか、ヘルメット型とか、デバイスの形は色々あるけど――あたしが好きのはガントレット・タイプ。これが一番、あたしに合ってるって感じがしたの」

イデアは、その心の在りようで性質・出力が変わる。

ナユキは放出系を得意とする。それはおそらく、彼女がアウター・スノウを心の底から忌避していることに起因していた。できる限り雪を遠ざけておきたいという心理。

戦うため、生きるためのエネルギー源として、雪は必要だ。だが、そもそもこんな雪がなければ、戦う必要なんてなかったのだから。そう思っていた人間は多かったのだろう。

『漆黒の牙《きば》』に所属していた戦士の大半は、放出系のイデア使いだった。

「実際、これを使うようになってから、イデアの出力は三割くらい増したし。やっぱフィーリングって大事よね」

そうして考えると、留美さんは変わり者と言えた。

彼女が愛用していていたのはベルト型。そして得意としていた性質は――あろうことか、全《すべ》て。万能にして無敵の戦士、それが箕輪留美《みのわるみ》だった。

雪に対して抵抗感を抱いたままでは、そんなことはできない。イデアは自身の心を敏感に映し出す。ナユキにはいまだに信じられないことだが、人類を滅亡へと追いやる異質の雪ですら、留美さんは一片も憎むことなく受け入れていた節がある。

《——だいじょうぶ。なんとかなるなる——》

あの人の声は、言葉は、今でも鮮明に思い出せる。

全てが凍《い》てつく冬世界において、彼女はまさに太陽だった。

「あっ、そうだ。アルツ、上着を羽織って出るのを忘れずにね。凍えても知らないわよ」

ナユキは外に出ようとして、思い出したように注意した。

「了解だ。忠告、感謝する」

律儀にも礼を言ったアルツは、分厚い防寒着に袖《そで》を通しながらつぶやく。

「イデアの力、か……。それは、俺《おれ》も使えるようになるのだろうか？」

「あんたが？　まぁ、イデアは心の力だから。感情のある人間なら、誰《だれ》でも少しは使えるわ。それこそ、あんたが着ようとしてる服の代わりに、寒さから身を守るくらいには」

外界から隔絶されエネルギーが枯渇した極寒の東京で、人類がわずかでも生き延びることができたのは、それが理由だ。

「そうか。ならば、俺もナユキのようになれるかもしれない、ということか」

——カチン、ときた。ナユキは表情を険しくする。

「ちょっと待った。自由自在に使いこなそうとなったら、話は別よ。もって生まれた才能は必要不可欠。その上で、厳しい訓練に耐えなきゃいけない。それでも、あたしみたいな戦士として戦えるのは、百人に一人いるか」

「かまわない。どんな厳しい訓練だろうと、俺は受ける」

挑戦的とすら取れるアルツの言葉だった。

幼児によくある、なんでも大人の真似《まね》をしたくなるアレかとも思ったが、ちがった。

目を見ればわかる。固い決意の火が宿っている。

「……いいわ。その言葉を後悔するくらい、徹底的に鍛えてあげる」

「コウカイ……？　それはどういう意味だ？」

「あんなこと言わなきゃよかった、自分がバカだったたって、後で取り消したくなることよ」

ナユキはそう答えて、機体前面のコクピット・ハッチを開放すると、ワイヤーを下ろした。その先には足を引っ掛ける金具が付いており、簡易エレベーターとして使用するのだ。

それを作動させると、先にアルツを降下させる。

もちろんこの巻き上げ機《ウインチ》もイデアで駆動している。アルツ一人では機体の乗り降りすらできないというのは、さすがに手がかかりすぎる。

（確かに、アルツにもイデアを使えるようになってもらわないと、いろいろ困るわね）

話の流れで決まったことたが、いい機会ではある。そんなことを考えながら、自身も降下してゆき――。やがてナユキも、冬世界の地に降り立つ。

しゃり、という雪を踏みしめる音が耳朶《じだ》を打つと、条件反射的に戦闘態勢へ移行してしまう。身体《からだ》を覆《おお》うイデア・シュラウドが、はっきりと視認できるほど輝きを増す。

ナユキが物心ついたときには、すでに人類は地の底での生活を余儀なくされていた。

白い雪景色、すなわち地上の風景は、命を賭《か》けた戦闘領域でしかなかった。

「……すまない、ナユキ。俺《おれ》はさっそく、後悔という感情を思い知った」

振り返ると、はっきりわかるほどアルツの表情が強《こわ》ばっていた。ナユキのイデアが発する無言の圧力に、訓練の過酷さを想像してしまったのだろう。

「ふぅん。でも残念でした。手加減なんかしてやんない」

ここぞとばかりに底意地の悪い笑みを浮かべながら、ナユキは進む。

窓のない白い建物は扉すらなかった。どこから入るのかと首を傾《かし》げると、アルツが壁に手を触れた。すると、壁の一部がスライドし、扉が現れる。

中に入ると、そこは暗闇《くらやみ》。ナユキが周囲を警戒した、その瞬間。

――音。破裂音。まるで銃のような。そしてまばゆい光。

聴覚と視覚が麻痺《まひ》した。そう認識した後の行動は迅速だった。自身の体表面を覆っているイデアの膜――イデア・シュラウドを半球状に膨張させ、全方向に隙《すき》のない防壁を展開。

背後にいたアルツは見えない壁に押し出されるように、屋外の安全圏へと転がっていく。

当人にしてみれば、なにがなんだかわからないうちに吹き飛ばされただけだろうが。

「きゃっ!?」

しかし、だからといって女みたいな声を――。

……ん？　ちょっと待て。今のは前から聞こえてきたような。

目が慣れてきた。まず確認できたのは、半透明の防壁にかかって宙に浮いていた、それ。

「紙、吹雪《ふぶき》……？」

やがてはっきりと室内を見渡せるようになると、そこには一人の女性が仰向《あおむ》けに倒れていた。その手に、紐《ひも》のついた円錐《えんすい》型の物体――夏世界のパーティグッズとして有名な、クラッカーによく似たものを持って。

「これは失礼いたしましたわ。クーラ様からお二人のことを伺いましたので、夏世界の流儀に則《のっと》り、サプライズなるものを企画してみましたが……。お気に召されなかったようですね。申し訳ありませんでした」

起きあがったその女性は、腰をしっかり九十度曲げるという、礼儀正しいにもほどがあるお辞儀をした。続けて、これまた丁寧に、自己紹介をしてくれた。

リィザ・マルシャル。二十歳という若さで、ここ、ノア機関の責任者をしているそうだ。

すらりと高い背。はっきりした目鼻立ち。そして、長くしなやかな金髪。ナユキが知る中でも、まちがいなくトップクラスの美人だ。

加えて、ナユキが霞《かす》むほどの優雅さと気品を兼ね備えている。夏世界風に言えば、古式ゆかしい旧家の令嬢、といったところか。むしろ金髪から連想して、貴族というのもありかもしれない。飾り気のない防寒服ではなくドレスを着れば、さぞ映えるだろう。

しかし、きれいなバラには棘《いばら》がある、ではないが。

（ああ。やっぱりこの人も、ゼノイドなんだな……）

彼女のセンスは独特を通り越し、残念ですらあった。部屋のあちこちに飾られた絵画は、幼児の落書きそのもので、破滅的な色彩をしている。彫刻にいたっては、モチーフが人間だと判別できれば御の字という有様だ。

ちらりとアルツの様子を見ると、やはり困惑したように立ち尽くしていた。

前衛的な美術館で迷子になった子供がいたら、きっとこんな感じだろう。

「いかがでしょうか？　わたくし、夏世界の芸術なるものに心酔しておりまして。あぁ、芸術はいいですね。旧人類《プロト・カインド》の生み出した文化の極みでございます」

「あー……。うん。それには同意するわ。でも残念だけど、あたしは芸術には疎くて」

うっかり感想なんか求められたら大変だ。ナユキは今のうちに予防線を張った。

するとリィザは、がっくりと肩を落とした。

「あら、そうなのですか？　それは残念でございます……。では、芸術でなくてもよろしいので、夏世界のお話を拝聴させていただけませんか？」

夏世界の研究をしている組織。あの仮面は、そんなことを言っていた。

つまり、この都市の中でも変わり者——それこそアルツと同じように、感情を有している者の集まりなのかもしれない。

　少なくとも、あのゼノイドの子供のように、話が通じないということはなさそうだった。

「いいわ。いくらでも話してあげる。その代わり、こっちの質問に答えて」

「ありがとうございます。あぁ、これが夏世界の交渉術の一つ、ギブ＆テイクなるものですね。どうしましょう。わたくし、はじめてのことで胸が高鳴ってまいりました。やはり旧人類の方との会話は、ゼノイドとは比べ物にならないほど濃密ですね」

　──ぴし、と、ナユキの頭の中で、ひび割れのような音がした。

　一瞬の沈黙。頭の片隅で、まさかと思いながら、ナユキは問いを口にする。

「ここに夏世界の食料があるのは、あの仮面から聞いたわ。で、その食料を求めて、あたしと同じ時代の人間がここを訪ねたことは？」

「まぁ。旧人類のお方が、でございますか？　えぇと、どうでしょう。少なくとも、わたくしが記憶している限りは……。あるとしたら、わたくしの生まれる前かと」

「……そう」

　ショックは軽微だった。よく考えれば、彼女は問われる前から答えを言っていたのだ。

　──自分はゼノイド以外と会話したことはない、と。

「なら、昔の記録を調べてもらえる？　百年でも二百年でも、遡《さかのぼ》れるだけお願い。いくらでも待ってるから」

「かしこまりました。記録の隅々まで、徹底的に調査いたします。では、お約束どおり、夏世界のお話を……」

「ああ。俺《おれ》もナユキの話を聞きたい」

ようやくこの場にも慣れてきたのか、アルツが話に乗っかってきた。

「ったく、あんたまで……。わかってるわよ。皮肉にも、時間はたっぷりできちゃったし。……でも、その前に」

そこでナユキは、険しい視線を部屋の奥の扉へと向けた。

「こそこそしてないで、出てきたら？　盗み聞かれるのは気分悪いわ」

扉の向こうから聞こえてきたのは、「ひっ」という、かわいそうになるほどはっきり怯《おび》えをふくんだ声。そして、慌ただしく遠ざかっていく気配。

「ああ。ミーネですね。わたくしの助手、みたいなものでございます。一風変わった子ですが、何卒《なにとぞ》、ご容赦を」

扉へと歩いていくリィザ。やはりというか、歩き方もしずしずと品がある。

「それと、不躾《ぶしつけ》なことは承知しておりますが……。実はミーネのことで、ナユキ様に折り入ってお願いがございまして」

「あたしに？　まぁ、こっちも頼みごとをした手前、できることならするつもりだけど」

「誠にありがとうございます。内容はミーネも交えてお話いたします。あの子はおそらく自分の部屋へ戻っているでしょうから、みなで参りましょう」

そうしてナユキたちを、建物の奥へと招き入れる。廊下の床は、大理石のようにつるつると硬質だった。これが雪の建物か——と、ナユキが感じた驚きは、すぐに嫌悪へ変わる。

かまくらと思えば和みもするが、これはただの雪じゃない。人類を滅ぼした雪なのだ。

改めて実感する。もはや自分の居場所は、ゼストマーグのコクピット以外にないのだと。

（……だいじょうぶ。留美《るみ》さんにつながる糸は、まだ完全に切れたわけじゃない）

焦りと恐怖が、にわかに顔をのぞかせる。しかし幸か不幸か、そんな感情に飲み込まれる前に、全《すべ》てを吹き飛ばす破壊力をもった光景を目の当《ま》たりにする。

リィザが開けた扉。ミーネという子の部屋と思われる、その中には。

頭隠して尻隠さず——という慣用句そのものが、いた。

「い、いませんよ？　ここには誰《だれ》もいませんよ？」

隠れるには明らかに無理がある箱に頭を突っ込み、厚い防寒服越しでもはっきりわかる、ふっくらと丸みを帯びたお尻をふりふりさせて喋《しゃべ》った。

本人としては、少しでも身体《からだ》を隠そうと努力した動作なのだろう。だが皮肉にも、さらなる自己主張をしただけという結果に終《お》わっていた。

「いやいや。喋っちゃったら、いないもなにも……。ねぇ、アルツ」

クーラは、ゼノイドには嘘《うそ》の概念がないと語っていた。それはつまりこういうことかと、変に納得してしまう。その辺、アルツはどうなのかと、話を振ってみたが。

「なるほど。確かに変わっている。臀部《でんぶ》から言葉を発する人間がいるとは」

嘘に騙《だま》されはしなかったが、致命的な勘違いをしていた。予想の斜め上を行っている。

「あんたねぇ……。そんなわけないでしょうが」

これがゼノイドかと軽く戦慄《せんりつ》しながら、ナユキはふりふりし続けているお尻に歩み寄り、箱を強引に引っぺがした。

「っ⁉」

ミーネは声にならない悲鳴をあげ、ナユキに顔を向けた。

赤と呼ぶよりもピンクに近い色の髪。それは明らかなゼノイドの証《あかし》。だが、気弱そうに下がった目尻には、大粒の涙を溜《た》めている。

間違いない。やはり彼女も、感情を有している。いや、それどころではない。彼女の全身からどよどよと発せられる陰鬱《いんうつ》とした雰囲気は、夏世界でも感じたことがあるかどうか。

「あんたがミーネね。はじめまして、あたしはナユキ――」

わざわざ自己紹介をしているというのに、ミーネは顔を伏せて小動物のように丸まると、はいずりながら部屋の隅へと逃げていく。なんて失礼なやつだと怒りが沸いた、その瞬間。

「ひゃっ⁉」

そんな前が見えない体勢で移動するものだから、ミーネは頭をぶつけてしまった。

だが、その対象が悪かった。相手は彫刻。それが傾き、ミーネ目がけて倒れ――。

「危ないっ！」

まさしく戦士としての鍛錬の賜物《たまもの》だった。ナユキは考えるよりも早く腰に手を伸ばし、それを引き抜いた。握られたのは一丁の拳銃《けんじゅう》。放たれた真紅の火線は彫刻をいともたやす

みかん

く粉砕し、細かな破片へと変える。

——この拳銃《けんじゅう》に装填《そうてん》されていた弾丸は、わずか十グラムのアウター・スノウである。

そもそも雪とは、大気中を漂う塵《ちり》に雲の中の水分が付着し、その塵を核として水分子が結晶化することで生成される。

アウター・スノウは、雪そのものが異質なのではなく、この塵が異質なのだった。

塵は熱を吸収し続ける性質を持っており、雪が熱で融解することを妨げる。

そして、吸収した熱が一定量になると、塵の周囲の水分子も巻き込んで固体化。こうして生成された物質がX結晶であり、ＸＥＮＯ《ゼノ》と呼ばれる異種生命体だった。

だが、結晶化する以前の雪の状態ならば、人間の精神波で溶かすことができた。その際、塵の分子構造も崩壊。蓄積してきた熱を放出するのだった。

この取り出せたエネルギーが、イデア。

詳しい原理を解明できないまま人類は滅んでしまったが、イデアは人の意志に感応し、自在に扱うことができる力であった。さらに、そのエネルギー変換効率たるや、夏世界において『神の火』と称された原子力を優に上回っていた。

そんな、個人が携行するには過剰とも言える火力を、ナユキは易々《やすやす》とその銃口から放ったのだ。勢い余って壁に大穴も空けてしまったが、人命救助のためには大事の前の小事だ。

ほっと胸をなで下ろしたそのとき、ナユキは信じられないものを見た。

（落ちてくる彫刻の破片が、あの子を避《よ》けた……!?）

ありえない現象だ。しかしナユキの目には、確かにそう見えた。これは、まさか――。

「だいじょうぶ？　怪我《けが》してない？」

さっきの『あれ』は。問いただしたい気持ちを抑え、まずは無事を確認する。ミーネの傍らにしゃがみ、彼女の顔をのぞき込んで視線が交差した瞬間。

「ごめんなさいごめんなさい。わたしみたいに無意味な存在が、生きててごめんなさい。ああああ。いや。やめて。処分しないで。殺さないで。ごめんなさいごめんなさい……」

ミーネは早口で、誰《だれ》に向けるでもない謝罪をちいさくつぶやき続けていた。

するとリィザは日を伏せ、「選別試験のせいですわ」と、悲しげにつぶやく。

「わたくしとミーネは選別試験に不合格となり、処分される寸前でした。けれど、ノア機関の先代所長と、クーラ様に助けていただいて、ここに匿《かくま》われたのです」

そこでリィザはアルツを見て、小さく笑った。

「アルツ様。あなたのことも、クーラ様から聞き及んでおります。次第によっては、わたくしたちの仲間になっていらしたかもしれませんね」

「俺《おれ》が……？　そうか。だからクーラは、あんなことを」

なにか思い当たることがあったのか、アルツは小さくうなずいた。

そして、リィザの言葉で納得がいったのは、ナユキも同様だった。

「選別試験、か……。ホント、ひどいことするわね。そのときの死の恐怖が、トラウマになっちゃったんだろうけど」

ナユキは銃をリロードする。水の詰まった使用済み薬莢《やっきょう》が銃身から排出され、乾いた音を立てて床に転がる。アウター・スノウからイデアを抽出した際の雪解け水だった。

「でもね。これだけは、あんたの思い違いよ。あんたは無意味な存在じゃない。他の誰《だれ》にも負けない、特別な才能がある」

そして、新たな弾丸が装填《そうてん》された銃口が、静かにミーネの額へ照準《ポイント》される。

「え……？」

言葉を紡ぐことが許されたのは、ミーネの戸惑いの声だけ。

赤い光が爆《は》ぜた後で、ようやくアルツとリィザに猶予が与えられた。

「ナユキ！」

「きゃあぁ!? な、なにをなさるのですか!?」

その破壊力は、壁に空いた穴が物語る。それが人体の頭部に向けられた今、首から上が吹き飛んでもおかしくはない。

——直撃していれば。

果たして、ミーネの頭部は依然として存在していた。しかも傷一つなく。

なにが起こったのかは一目瞭然《いちもくりょうぜん》。彼女の全身を、赤い殻を思わせる光の膜が覆《おお》っていたのだ。その堅牢《けんろう》さは、先にナユキが展開した防壁の比ではないと、外見だけで推測できた。

「あれは、イデアの光……？」

アルツが驚嘆をつぶやいた。

足下でうずくまり、かたかたと震えるミーネを見下ろし、ナユキが答える。

「芸術を理解するゼノイドも予想外だったけど、まさかイデアの才能があるゼノイドまでいるとはね」

イデアの優劣とは、一グラムの雪からどれだけ多くのエネルギーを抽出できるかという、変換効率の高低。そして、この変換効率が一定値を超えた状態が『白銀新生』――有り余るエネルギーを元に、心に思い描いたイメージを物質として創造可能な、奇跡の領域だ。

ナユキはついに、そこへ到達した。

しかしそれは、師である留美《るみ》の元で積み重ねた研鑽《けんさん》と、それ自体が高性能なイデア加速増幅器であるゼストマーグあってのこと。

今現在のナユキとミーネが、補助デバイスの力を借りずに変換効率を競ったとして、結果は五分《ぶ》だろう。留美に出会う前のナユキでは、認めたくないが、どう考えても完敗だ。

「イデアは心を映し出す鏡よ。あんたの死にたくないって思いは、強い力を生み出してる。でなきゃ、あんなに強固な防壁は生まれないわ」

ナユキの言葉を聞いたミーネは、びくんと大きく身体《からだ》を震わせ、再び取り乱した。

「ああ、ごめんなさいごめんなさい！　なにもできない、いらない存在のくせに、生きたいとか思っててごめんなさい！」

――カチン、と、ナユキの中でスイッチが入った。

「なにもできない？　本気？　本気でそう言ってるの？」

静かな口調。それでも、この場を支配するには十分すぎた。ナユキのイデアが迸《ほとばし》って、周囲の空気が逆巻く。もう自分自身を止められないのは、わかっていた。

ミーネは声にならないうめきをもらし、固まったようにナユキを見上げるしかない。

「あたしは知ってるわ。XENO《ゼノ》と戦うため、生き残るため。イデアの力を欲しながら、それが叶《かな》わず、あたしたち戦士に全《すべ》ての望みを託すしかなかった、牙《きば》なき人たちの存在を。そして……そんな彼らが最後の最後に下した、勇気ある決断を」

握りしめた拳《こぶし》が震えた。

夏世界が滅亡した瞬間――もう思い出したくもないのに、記憶は鮮明に焼き付いている。

「あの日、あのとき、あんたほどのイデアを持つ人間が、一人でもいてくれたなら……！もしかしたら、人類は……！」

過去は変えられない。こみ上げる悔しさと虚《むな》しさ。でも、未来ならば――。

「ご覧になられたように、ミーネの精神はとても不安定なのです。ふとしたことで、過去の恐怖が思い起こされてしまうようでして……」

そしてリィザは、すがるような視線をナユキに送る。

「お願いです。どうか、あの子を助けていただけませんでしょうか？　わたくしは所詮《しょせん》、旧人類《プロト・カインド》の真似《まね》をしているだけの、紛《まが》い物《もの》でございます。このような事態への対処方法は、わかりかねます。ですが、ナユキ様なら……！」

「……願ったり叶ったりとは、このことね」

このとき自分がどんな表情をしていたか、ナユキは知らない。だが、リィザとアルツがそろって声を失っていたことから察するに、さぞ凄絶な笑みを浮かべていたのだろう。

つかつかとミーネに歩み寄ったナユキは、びしっと指を突きつけ命じる。

「よろこびなさい。あんたは今日から、あたしの弟子よ。心身ともに鍛えて、叩《たた》きなおしてあげるわ」

第三章

# Chapter:

# 03

Xestmarg of silver snow

なんだかとても大変なことになった、という事実だけは、アルツも飲み込めていた。

なにしろ行きは二人だった人員が、帰るときには三人に増えていたのだから。

「あ、あの……。わたし、どこへ連れて行かれるんですか……？」

今にも消え入りそうな声で、ミーネが聞いてきた。

手狭なコクピットに押し込まれた三人目。彼女は今、アルツの真横にいる。内壁に身体《からだ》を押し付けるようにしているのは、わずか数センチでもいいから、アルツたちとの距離を置こうとしているのか。

「ちょっと、人聞きの悪いこと言わないでくれる？　誘拐したみたいじゃない」

「融解？　彼女は溶けるのか？」

「……くだらない冗談、じゃないのよね。あんたの場合。ホント、力が抜けるわ」

動力源であるナユキの心が乱れたため、機体の出力も低下。滑走速度が急激に落ちる。

それはコクピットに振動となって伝わり、シートに固定されていないミーネを襲った。

「ひゃっ⁉」

揺れに耐えかねた彼女の身体が、アルツに覆《おお》いかぶさる。

「すっ、すいませんすいません！　痛くなかったですか⁉」

「大丈夫だ。ミーネの身体は、とても柔らかかった。衝撃はまったくない」

するとなぜか、ナユキが顔を真っ赤にして慌てだした。

「はぁっ⁉　や、柔らかいって……⁉　胸？　そのおっきな胸なの⁉　ちょっとアルツ、なにまた変態的なこと言ってんのよ!?　二人とも、早く離れて!!」

ナユキは後部座席から身を乗り出し、ミーネの首根っこを片手でつかみ持ち上げた。

身体が宙吊《ちゅうづ》りになるという未知の感覚にさらされたせいか、ミーネは目を白黒させる。

「えっ？　あれ？　や、やだ。怖いです。降ろしてくださいぃ」

じたばたともがくミーネを、ナユキは後部座席の裏の隙間《すきま》に放《ほう》る。

「ふぇっ。うぅ……。せ、狭いです」

「さっきの質問に答えるわ。あたしたちが向かってるのは、東京都心――あんたたちから
すれば、旧人類《プロト・カインド》の遺跡？　とにかく、もうすぐ着くわ。がまんしなさい」

「は、はい。わかりました。……でも、やっぱり胸が潰《つぶ》れて、く、苦しいです」

「ちょ、なにそれ!?　自慢してんの!?　あーもう、ムカつくわね!!」

耳が痛いほどの、きんきんとした怒鳴り声が響く。だがアルツは嫌悪感を抱かなかった。

「なるほど。こんなナユキの反応は、今まで見たことがない。ミーネが加わったおかげ、
ということか」

新たな人員が増えるのは、なんだか胸が高鳴る。アルツの表情は自然と和らいでいた。

ほどなくして、一向はゼストマーグの格納庫へと戻ってきた。

開いたままだったハッチから中へ入ると、床面のターンテーブルが起動。機体の向きを
反転させ、整備台へと収容する。

「あとはハッチを閉めて、次は……あれ？」

そこで、操作盤《コンソール》を操るナユキの手が止まった。

「格納庫のリフト機能がエラーを返してる。リカバリかけても復帰しないし。これじゃ、あたしには手の施しようがないわ」

「しかたないのではないか？　三百年、メンテナンスなしで放置されていたわけだからな。むしろ、ゼストマーグが正常稼動していることの方がありがたいと思うべきだろう」

アルツが素直な感想を口にすると、ナユキは誇らしげに胸を張った。

「そんなの当たり前じゃない！　ゼストはあたしたち人類の技術の結晶だもの！　三百年だろうと三万年だろうと、どんと来いよ！」

その勢いのまま立ち上がり、コクピット・ハッチを開ける。

「まぁ、動かないものはあきらめるわ。他の機能は生きてるみたいだから。生活するのに困りはしないはずよ」

「生活？　……そうか。この格納庫には、あの居住区もあるのか」

そういえば、ゼストマーグを出撃させる際、ナユキといた部屋からはすぐにコクピットへと移動できた。おそらくここは、格納庫と居住区が一体化した建物なのだ。

要塞《ようさい》都市の格納庫も同じだった。搭乗員が寝泊りする場所は、機体に近ければ近いほど、有事の対応が迅速だ。

「そういうこと。じゃ、早速はじめるわよ」

「……なにをだ？」

「決まってんじゃない。あんたたちの訓練よ」

にやりと笑ったナユキの全身から、ゆらりとイデアの熱気が立ち昇った。


場所を屋外に移し、それは開始された。

頭や肩にうっすらと積もった雪を払うことも忘れ、アルツは訓練に没頭している。

（デバイス起動……。出力、10％、20％……）

アルツに与えられた課題は、基礎中の基礎。腕に装着した、ナユキと同じタイプの補助デバイスを操作することだ。

念じ、命ずることだけに集中する。慣れれば無意識で瞬間起動できるらしいが、初心者は手順を確認するように言葉を思い浮かべたほうが確実とのこと。

やがて、デバイス内の雪から抽出されたエネルギーがアルツの意志と混ざり合い、イデアとなって全身に浸透。身体《からだ》の内側が熱を持ち、わずかな浮遊感を常に感じるようになる。

これで準備は整った。

（想像、想像……）

イデアを使いこなすうえでもっとも大切なのは、想像することだ。ナユキはそう言った。

本当は有り得ないことを、有り得ると思い込む。それが不可能を可能にするのだ、と。

ぱん、と、両手を打ち合わせる。そして開いた隙間《すきま》に、体内の熱を移動させるイメージで、イデアを集める。

ナユキが手本を見せてくれたときは、人間の頭ほどもあるエネルギーの球体が出現した。しかしアルツがやると形にすらならず、イデアは弾《はじ》けて消えてしまう。

「……またダメか。難しいな」

うめくようにつぶやいたアルツの横で、空気を焼く鋭い音が響いた。

「そう！　それよそれ！　おそろしくノーコンなのは……まぁ置いとくとして、出力だけは立派なもんよ！　なんでそれが毎回できないの!?」

本当に置いといていいのだろうか――と、アルツは思った。

ミーネの指導は、ナユキが付きっきりで行っている。

ナユキの銃を実際に使用した射撃訓練。目標は、格納庫の備品置き場から持ち出した、射撃訓練用のターゲットだ。だが、ミーネの射撃により穴が空いたのは、彼女のほぼ真横に立ち並んでいた廃墟《はいきよ》だった。

「だ、だって、怖いじゃないですか……。建物の壁を撃ち抜く弾が出ちゃうなんて。もし、あんな力が暴走したら……」

「だぁかぁらぁ！　そうならないように、心を強く保って制御するんでしょうが!?」

「む、無理です。ああ、きっとわたし、自分の撃った弾に当たって死んじゃうんだ」

膝《ひざ》から雪の上に崩れ落ちるミーネ。だが、なにか閃《ひらめ》いたのか「あっ」と立ち上がり、両手を打ち合わせた。そして大きく開いた両手の間には、イデアで形成された赤い箱が。

ミーネはそこに頭を突っ込み、うれしそうにお尻を振った。

「はー。落ち着きます」

「こ――このアホ弟子がっ！」

「ひゃうっ⁉」

すぱぁん、と、ミーネの臀部《でんぶ》で白が弾けた。ナユキが手で握り固めて投げた雪玉だ。

「イデアにイメージを投影して固定化⁉　そんなの白銀新生の一歩手前じゃない‼　なんでそういう教えてもいない高等技術を、さらりとやってのけるのよ⁉」

「あうぅ。や、やめてください。そんな、お尻をぱんぱんしないでぇ」

「口答えしない！　躾《しつけ》はお尻ぺんぺんって、昔からきまってるのよ！」

「ふえぇ。痛い、痛いです。わたしのお尻、はれちゃいます」

ミーネの防衛本能が働いたのか、彼女を覆《おお》うように半球状の防壁が出現した。

ひゅんひゅんと投げつけられる雪玉は、しかし、全《すべ》てがそれに阻まれる。

「あっ、こら！　防ぐんじゃないわよ！」

ますます気に入らないのか、ナユキの雪玉製造ペースがアップする。

――だから、なのだろう。緩やかに放《ほう》られた雪玉に気付くこともなく、ナユキが横面への直撃を許したのは。

「あ、当たった、だと……？」

牽制《けんせい》のつもりで投げたアルツには予想外の結果だった。難なくかわすと思ったのだが。

ゆっくりとナユキが振り向いた、次の瞬間。衝撃と共に、アルツの視界は白く飛んだ。

「なにすんのよ⁉　やる気⁉　やる気なのね⁉」

「よくわからんが、ナユキがやっていることだから、これも訓練なのだろうとぶふっ」

再び、衝撃。運悪く、しゃべっている最中の口に雪玉が的中した。

「訓練⁉　ああ、ならそうしましょうか！　一発当たるごとに、ウサギ飛び十回ね！」

「いや待て。その前にウサギ飛びとはなんぶはっ」

「あとで教えてあげるわよ！　ほらほら、死ぬ気で避《よ》けなさい‼」

すでに二発被弾。なんだかわからないが、とにかくこれ以上の被弾は避けたいところだ。

アルツは走り出す。だが、さすがナユキ。アルツの動きを先読みしたのか、的確に当ててくる。これで三発。

「なるほど、理解したぞ！　これはいい回避訓練だ！　もっとやってくれ！」

「よく言ったわ！　あたしのマシンガン雪玉、受けてみなさい！」

息が詰まるほどの攻防を繰り広げはじめた二人。ミーネは我関せずとばかりに、鉄壁の殻の中で安堵《あんど》の笑みを浮かべていた。

「あぁ、よかった……。これでいつでも、箱の中に入れます」

ナユキも驚くほどの才能を持ちながら、戦意とは対極の方向へ邁進《まいしん》するミーネだった。

※　※　※

格納庫内部の居住区。その床に、アルツは倒れ伏していた。

「ウサギというのは、とても強かったんだろうな……」

被弾数は四十七に達し、四百七十回のウサギ飛びを強いられた両足には、かつてない疲労が蓄積していた。こんな運動を日常としていた夏世界の生物には、驚嘆するばかりだ。

「そんなわけないでしょ。捕食される側の弱い生き物よ。逃げ足は速かったみたいだけど」

「なるほど。日々の訓練の成果だな。俺《おれ》も見習わなければ」

「また微妙にずれた答えを……。まぁいいわ。とりあえず、お風呂にでも入ってきたら？　そんな汗でべたべたのままじゃ、気持ち悪いでしょ」

ナユキはそう言って軽く腕を振って、イデアの板を出現させた。それを指先で操作する様子からして、どうやらこの施設のコントロール装置らしい。

「湯船の自動清掃を開始して、と。温度は四十℃くらいでいいか」

「……ナユキ、質問がある。オフロとは、なんだ？」

するとナユキは目を見開いた後、顔をしかめてアルツから距離を置く。

「まさか入ったことないの？　生まれてからずっと？　もしかしてミーネ、あんたも？」

物珍しげに室内を見渡していたミーネは、不意を突かれたのか「ふえっ!?」と、声をうわずらせてから答える。

「えと、その、夏世界の習慣ですよね。裸になって、温度を高めた水で身体《からだ》を洗ってきれいにするっていう。資料で見たことはありますけど、経験したことは……」

と、そこで自身に向けられた視線の意味を感じ取ったのか、瞳《ひとみ》をうるませた。

「そうですよね夏世界の人間から見たら汚いですよねごめんなさいごめんなさい。こんな汚いわたしは、今すぐいなくなりますね」

イデアによる箱を生成して隠れる手際には、早くも手慣れてきた感がある。

その横では、疲れた足に鞭《むち》を入れ立ち上がったアルツが、納得しながらうなずいていた。

「了解した。裸になって、身体《からだ》の清掃をすればいいんだな」

「ちょ、二人とも、ストップストーップ！ ミーネはどこでも隠れるな！ アルツはどこでも脱ぐな！ 本当になんなの、この状況⁉」

ぜいぜいと、肩で息をするナユキ。アルツはかろうじて脱ぐのを留《とど》まったが、ミーネは時すでに遅し。箱にすっぽりと入り、ひょっこり顔だけをのぞかせている。

「うぅ……。じゃあ、どうすればいいんですか……？ わたし知ってます。お風呂って、事故で死ぬこともあるんですよね」

「なんだと⁉ ナユキ、それは本当か？ 旧人類《プロト・カインド》が身体を清掃するというのは、命懸けの行為だったのか……」

「あー、まぁ。滑って転んで、頭を打つ事故は、たしかにあるけど」

「わたしがお風呂なんか入ったら、きっとそうやって死んじゃうんです……。痛くて、血がどくどく出て……」

その様子を想像したのか、ミーネはかたかたと小さく震えだした。

「まったく、あんたは……。どんだけネガティブなのよ」

頭痛でもするのか、こめかみを押さえながら言うナユキ。

「しかたないわね。あたしもいっしょにお風呂入って、転びそうになったら助けてあげる。それなら心配ないでしょ」

「あ……。は、はい。それなら、たぶん」

「そういうことなら、俺《おれ》も頼む。勝手がわからないうえに事故の危険性があると知っては、一人で入ることに抵抗がある」

「は、はぁ!?　あんた、どさくさに紛《まぎ》れて、なにとんでもないこと言い出すの!?　ダメに決まってんでしょうが!!」

「しかし――」

ナユキの顔が真っ赤になっていた。今までの経験からして、彼女がこの状態になると不可解な言動が増えるが、それでも食い下がることをやめない。アルツ自身は無自覚だが、ミーネの思考に引きずられ、悪い想像ばかりがふくらんでいたせいだ。

「しかしもかかしもない！　そんな恥ずかしいこと無理！　絶対に無理！」

言われてアルツは思い出した。旧人類は、他人の前で過度な肌の露出を控えることを。

だが、そうなるとますますおかしい。

「理解できない。なぜミーネは許可されて、俺は許可されない？」

「男と女の差よ！　そんなんもわかんないの!?」

「……？」

アルツとミーネは、そろって首を傾《かし》げた。

「……え？　二人ともわかんないの？　本気で？」

今度は二人そろって首肯したあと、ミーネが解説する。

「男女の二種類が存在するのは、性交という手段によって子孫を増やすためだったと学んでいます。でも、その辺は資料が乏しくて……。性交って、どういうものなんですか？」

「し、知らない知らないっ！　もうこの話題は終《お》わりっ！」

耳をふさぎ、首をぶんぶんと振って、ナユキは話を断ち切る。

「ほらミーネ、お風呂に行くわよ！　とっとと立って！」

「は、はい。……って、あれれ？　た、立てません。腰に、力が入らなくて……」

「まさか、腰を抜かしたの？　自分が風呂場《ふろば》で転んだのを想像して？」

ナユキはがっくりと、脱力したようにうなだれた。

「……なんか、どっと疲れたわ。ちょっとアルツ、ミーネを立たせてあげて」

「大丈夫か？　手を貸そう」

「あうぅ。すいません。ありがとうございます」

ミーネの手助けに向かったアルツだが、やはり足腰の状態が万全ではない。人間一人を抱えるのは少々不安がある。だが、彼女の身体《からだ》の特徴をうまく使えば、あるいは――。

「……ふむ？」

しかし、どうやら算段ちがいだったようだ。つかんだその箇所に期待した手応《てごた》えはなく、どれだけ力を込めようとも歪《ゆが》み変形する不可思議な柔軟性を持っていた。

これでは仕方がない。アルッは足腰をふらつかせながらも、なんとか普通に彼女を抱きかかえて立たせた。

「ん？　どうかしたのか？」

ナユキを見ると、アルッを指さしたまま、ぱくぱくと口を開閉し言葉にならない声を発していた。それを聞き取ろうと近づくと、ナユキは後方に飛《と》び退《の》いた。

「ち、ちち近寄らないで！　変態ゼノイド！　なにをしれっと女の子の胸を……！　ミーネもミーネよ！　なんでそんなに落ち着いてんの⁉」

「なんで、と言われても……。なにかありましたか？　立たせてもらっただけですけど」

「だから、その立たせ方に問題が――」

と、そこまで口にしたところで、ナユキはくるりと背を向けた。頭を抱えてうずくまり、ぶつぶつとなにかをつぶやき始める。

「そ、そっか。男女の差がわからないってことは、こいつらそういう感覚もないんだ。つまり幼児ね。だとしたら、あたし一人恥ずかしがるのは、むしろバカらしいというか……」

「ナユキ……？」

アルッが声をかけると、ナユキは勢いよく立ち上がった。しかしその表情はどこかぎこちない。口元だけは笑顔の形だが、目は落ち着きなく泳いでいる。

「いい、わよ」

「……いいとは、なにがだ？」

「だから、その……お、お風呂よ。三人でいっしょに入ってもいいって言ってるの」


居住区は未完成だった。当初は多くの部屋と施設を設置し、何十という人員を収容可能なシェルターとして運用する予定だったらしい。だが、計画は頓挫《とんざ》。最優先すべき人員であるパイロット――すなわち、ナユキと留美《るみ》の生活に必要な区画のみが実装された。

そのため、構造は歪《いびつ》としか言いようがない、奇妙なものになっていた。

ナユキの部屋と、人工冬眠を行っていた施設のみが最上階の四階にあり、その他は一階に集中しているのだ。間の階は存在こそするものの、なにもない完全な空洞である。

これには、生活していた当のナユキも不満を抱いていたようだ。

「部屋からゼストに乗り込む際の効率を最優先、っていうのは理解できるけどね。せめてお風呂とトイレくらいは、部屋と同じ階でもよかったんじゃないの？」

ナユキはそんなことをつぶやきながら、エレベーターに乗り込んだ。やがて一階に到着すると、三人はナユキを先頭に廊下を進む。たどり着いた扉には、謎《なぞ》の図形。楕円《だえん》に三本の波線が突き刺さっている。

列先頭のナユキがその扉を開け、ミーネが続く。そしてアルツも――と思ったところで、ぴしゃりと扉が閉められた。

「なぜ閉める。いっしょに入ってくれるんじゃないのか」

「そのための準備があるのよ！　とにかく、許可するまでは絶対に入っちゃダメ！」

扉越しに厳命された。アルツは謎《なぞ》の図形を眺めながら、静かに待ち続ける。

（……そうだな。これがなんなのか、俺《おれ》なりに推測してみよう）

そうして思索を巡らせ始めると同時に、扉の向こうから二人の会話が漏れ聞こえてきた。

「うっわ……。大きいとは思ってたけど、なによこれ」

「や、やっぱりおかしいですか？　邪魔だし重いし……。きっとわたし、なにか悪い病気なんですね……」

「絶対にちがうから安心しなさい。……むしろ、あたしにも分けてほしいくらいよ、それ」

「そうなんですか？　たしかにナユキさんの胸は、あんまり――」

「う、うるさいわね！　この話は終《お》わり！　はい、両手挙げて！」

「ひゃんっ。くすぐったいです」

「あーもう！　変な声出さない！　くねくねもしない！　バスタオル巻けないでしょ！」

（……っ！　この図形は、もしかしたら！）

「これでよし。念のため言っておくけど、アルツの前では絶対にそれ外さないこと。いい？」

「は、はい。男性と女性は、お互いに裸を隠さなくちゃいけないんですよね」

「そう。よくできました。……じゃあ、次はあたし自身も」

それからしばらくして、扉がわずかに開かれた。その隙間《すきま》からナユキが顔をのぞかせて
――すぐに引っ込んだ。再び閉められた扉の向こうで、ミーネが不思議そうな声をあげる。

「あの、どうかしたんですか？」

「ちょっと今のは、本気で理解不能だわ……。悪いんだけど、あたしの代わりにあのバカ
問いただしてくれない……？」

「え？　あ、はい」

今度はミーネの手で、しっかりと扉が開かれた。彼女の胴には白いものが巻き付けられ
ている。さっきナユキが言っていた、バスタオルというものだろう。

そしてアルツを確認した彼女は――。

「あははっ！　へ、変な動き！　それ、なんですか！」

お腹《なか》を抱えて笑い転げた。ミーネが称したとおり、アルツは両手を挙げて、くねくねと
身をよじらせていたのだ。

「オフロとやらに入るときは、こうするのだと思ったんだが。そこの図形のように」

「……ったく。どんな勘違いよ。これは入浴施設――お風呂があることを表すマークよ」

アルツなりに導き出した解答だったが、姿を見せたナユキの口から正答が語られた。

ミーネと同じように白いバスタオルを巻き付け、さらにその胸部を腕組みで覆《おお》っている。

両足も不自然に内股《うちまた》気味で、どことなくそわそわと落ち着きがない。

間違いを指摘されたアルツがその動きを止めると、ようやくミーネの笑いもおさまった。

「あー、おかしかった……。お腹《なか》痛い……」

「大丈夫か？　俺《おれ》のせいで、腹部を……。だが、どうしてだろうな。これでよかったとも思っている」

不思議な感覚だった。相手に苦痛を与えたのだから、非難されるべき行いのはずなのに。

「……そうか、わかった。ミーネがはじめて笑顔を見せてくれたからだ」

「それもそうね。辛気くさい顔されてるより、ずっといいわ」

「そ、そうなんですか……？　でも笑うなんてこと、わたしは……」

またもや表情を暗くしたミーネの頭を、ナユキはわしゃわしゃと乱暴になでる。

「はいはい。とりあえずお風呂に入って、身体《からだ》も心もきれいにしなさい。お風呂は命の洗濯よ。アルツもいつまでも外に突っ立ってないで、こっちきて」

うながされたアルツが入室すると、ナユキは床に置かれた複数の容器を指で示した。

「じゃ、あたしたちは先に入ってるわ。アルツも、脱いだ服はそこの空いてる籠《かご》に入れて、代わりにタオル巻いて。それと、あんたは腰回りだけ隠せばいいから。わかった？」

「了解した。ナユキたちの姿が見えなくなってから、服を脱げばいいんだな？」

「そ。よくできました」

そう言ってナユキが開けた扉の向こうは、薄く白い気体が充満しており、明らかに空気が異なっていた。あの部屋の中が風呂なのだろう。

指示されたとおり、二人が完全に扉の向こうへと消えたのを確認してから、脱衣開始。

服を次々と容器に入れ、タオルと呼ばれたものを手に取り――その手触りに驚かされた。

腰に巻き付けると、不思議な心地よさすら感じる。

「柔らかい……。なんだ、この素材は」

冬世界の衣服は、XENO《ゼノ》の表皮を加工したものだ。冷気を遮断し抜群の保温性を誇る反面、手触りは硬質で冷たく、ざらっとしている。正直、快適とは程遠い代物だ。

だが、夏世界の衣服は違うらしい。アルツは横の容器の中身が気になった。それはナユキの衣服。このタオルと同じ素材が使われているとしたら、さぞ着心地がいいだろう。

――そう思ってしまえば、確かめずにはいられなかった。折り畳まれたナユキの黒い服を手に取り、広げ、袖《そで》を通してみる。

「なるほど。これはいいものだ」

衣服の繊維が肌を優しく包み込み、一体感をもたらす。それは未知の感覚だった。

他の服も試そうと、容器から手に取ったのは――不思議な服。

二枚の三角形を張り合わせたような形状で、色は白く、なにかが描かれている。居住区にあった、「にゃー」と鳴くふわふわした置物に似ていた。

「不思議だ。ほのかに温かい……。これも服なのか？　だが、こんな小さい――おっ、すごい伸縮性だ。なるほど、これなら身に着けられる」

そのときだった。風呂場《ふろば》のほうから、ナユキの呼ぶ声が聞こえてきた。

「ねぇアルツ。ちゃんと一人でタオル巻けた？」

その行動は完了している。アルツが返事をすると、ナユキが扉を開けた。

「三百年も経《た》ってるせいか、ボディソープが固まって使いものにならなく、て……？」

ぴたり、と、凍り付いたように動きを止めるナユキ。その表情だけが、みるみるうちに赤く染まっていく。

「ちょうどいい。俺《おれ》も聞きたいことがあった。ナユキの白い衣服だが――」

「こ、このっ、変態ゼノイドっ!!」

ナユキが急接近し、その平手が振り上げられたと思った次の瞬間、視界が星で埋まった。尻餅《しりもち》をついたアルツの手から白い衣服を奪ったナユキは、それを容器の底に厳重に戻す。

「まったく、油断も隙《すき》もないんだから……。これはね、女の子には裸の次くらいに、見られて恥ずかしいものなのよ。それをあんな……穴が開きそうなくらい、しげしげと……」

「そうだったのか。それはすまない」

「それと！　あたしの服を勝手に着ないで！　伸びる！」

「了解した。次からは許可を得て着よう」

「許すわけないでしょ!?　あんたやっぱり変態なの!?」

吠《ほ》えられた。理由を聞きたかったが、また叩《たた》かれそうな予感がして、やめた。

無断着用を再度詫《わ》びながら服を返却すると、ナユキはようやく落ち着いてくれたようだ。

「本当に、もう……。あんたもお湯に浸《つ》かれば、あの子みたいにおとなしくなるのかしら」

開かれたままの扉。くい、と、ナユキが振り向きながら示した視線の先には。

「はふぅーん」

顔と全身、全《すべ》ての筋肉が弛緩《しかん》しきったミーネがいた。容器いっぱいに注がれた液体に肩まで浸かり、ゆったりと両手足を伸ばした姿は、そのまま溶けてしまいそうに思えた。

「こんなに気持ちいいものが、夏世界にはあったんですねぇ。わたし、このお風呂に住んで、ずっとここにいますぅ」

間延びした声が、不思議な反響を伴って届いた。

「気に入ってもらえてなによりだけど、そんなに入ってたら身体《からだ》に悪いわよ。のぼせてふらふらになっても知らないんだから」

「えぇー。それじゃあ、どれくらいだったらいいんですかぁ？」

「百数えてるあいだくらい、ね」

「はぁい。わかりましたぁ。数えてますぅ」

ゆっくりと数を数え始めるミーネ。ナユキは鏡の下の台を開き、なにかを探していた。

「よかった。こっちのボディソープは使えそうね。それじゃ、あの子はおとなしくしてるだろうから、アルツには身体の洗い方を教えてあげる」

手で持てるサイズの容器を手に、ナユキが風呂場《ふろば》に戻っていく。アルツもそれに続いた。

「これは……」

水の香りに全身が包まれる。充満していた気体は、どうやら水分を多量にふくんでいたようだ。そしてそこに、一際かぐわしい香りが混ざる。出所を探ると、それは粘性の液体だった。ナユキが持ち込んだ容器から、しゅこしゅこという音とともに排出されている。

しかも、あれはなんだ。ふわふわと白い雲のようなものが、そこから――。

「まずはね、お湯で濡《ぬ》らしたタオルに、ボディソープを少しつけて、こうして泡を立てる。そしたら、そのタオルで身体《からだ》をこする。簡単でしょ？」

やってみて、と、ナユキはタオルを手渡す。アルツは手についた泡というものを、じっと眺めた。重さはまったく感じず、定形もない。本当に雲を手にしているようだった。

「泡が珍しい？　じゃ、こんなのも知らないのね」

ナユキは粘性の液体をその手に受け、両手をこすりあわせて泡を作り――ふっと息を吹きかけた。宙に浮かぶ無数の球体。それらは透明でありながら、きらきらと光を反射し鮮やかに輝き、次々に弾《はじ》けていく。

アルツは言葉を発することも忘れ、その様子を眺めていた。

やがて全《すべ》てが虚空に消え去ると、容器に手を伸ばす。

「俺《おれ》もやってみたい。こうすればいいんだな？」

「あっ、バカ！　そんなに出したら――」

「なっ、なんだ⁉　膨張が止まらない⁉」

「あははぁー。あわあわぶくぶくですねぇー」

三人の声が風呂場《ふろば》に響く。それはアルツが初めて経験する、夏世界の営みだった。

ホカホカ

※　※　※

風呂上がり。アルツたちは居住区一階の食堂にいた。そこにはテーブルとイスがあり、他にもアルツにはよくわからない器具が多く鎮座していた。

その中の一つ、冷蔵庫という箱によって冷やされた水で、アルツは喉《のど》を潤した。

「驚いた。水を飲むことで、こんなに身体《からだ》が休まるのか。ただ冷たいだけと思っていたが」

「本当は牛乳が最高なんだけど。真空保存されてても、さすがに三百年前のじゃねぇ……」

「ギュウニユウ……?」

「まぁ、わかんないか。とにかく、お風呂上がりの飲み物は格別ってことよ」

「ふにゃー。ぽかぽかで、きんきんで、きゅー」

いまだ余韻が冷めやらぬのか、ぐいっと水を飲み干したミーネがテーブルに突っ伏した。

「オフロか……。高温の液体に浸《つ》かるというのは、気持ちがいい。ミーネがああなるのもわかる。……だがシャンプー。あれだけはダメだ」

目に入ったときの激痛は、アルツが今まで感じたどんな痛みよりもきつかった。

「わがまま言わないの。頭も洗いなさい。ホントにお子さまと変わらないんだから」

「しかし……」

「言うこと聞かないと、ご飯抜きよ――って、あんたに言っても通じないか。食べられるものが、そこら中に降り積もってるんだから」

「それは少し異なる。いくらゼノイドでも、雪を食べるときは加工する」

よく洗浄した後、消化吸収を助ける酵素でコーティングし、少量に圧雪する。

「そのままの雪では効率がよくない。一日に必要な摂取量が、キロ単位になってしまう」

「ふぅん、そうなんだ。あたしたちも米は炊いて食べるから、それと似たようなもんか」

「コメ……？」

「日本人の主食。魂の食材よ。まぁ、それは置いといて……そうなると、どこかで雪を加工しないといけないのよね。リィザのとこならできるかしら」

するると、ミーネが「はーい」と手を挙げた。

「できますよー。あと、そのお米も栽培してますー」

「研究のために夏世界の食料を再現してるんだっけ。でも、こんな雪の中でよく育つわね」

「えーと、屋内栽培、っていうんですか。夏世界に比べて日光が少ないから、建物の壁に細工をして外からの光を一点に集めてる――って、リィザさんが言ってました」

脳を働かせはじめたためか、徐々にミーネが正気に戻ってきた。

「虫眼鏡つきビニールハウスってわけね。それなら、この冬世界でも可能ってことか」

ナユキは口元に手を当ててしばし黙考し、ちらりとミーネに視線を向けた。

「……それ、少しもらってもいい？」

「いいと思いますよ。わたしとリィザさんだけじゃ食べきれなくて、お米は余ってますし」

「そう、ありがと――って、お米食べてるの⁉　あんたたちゼノイドが⁉」

「あっ、は、はい。リィザさんが、食べられるか試してみようって……。そうしたら、これがおいしくて……」

「ならば俺《おれ》も、そのコメとやらを食べることが可能なのか？」

ずい、と、アルツは身を乗り出す。勢いに圧《お》されたのか、ナユキはわずかに身を引いた。

「え？　ちょ、なにその、きらきらした目は……？」

「可能なのか、と聞いている。どうなんだ？」

「そ、そんなの、あたしだって知らないわよ！」

ナユキが助けを求めるような視線を送ると、ミーネはこくりとうなずいた。

「たぶん、だいじょうぶだと思いますよ。少しずつ慣らしていけば――」

「了解した。さっそくリィザのところに行こう」

彼女の言葉には続きがありそうだったが、それが終《お》わらぬうちにアルツは歩きだす。

「待ちなさいって！　いったいどうしたのよ、そんなに急いで」

「ずっと、疑問に思っていた」

「……は？　どういうことよ？」

「俺たちは、なぜ雪を食べているのか、と。夏世界では様々な食べ物があったらしいが、それらは全《すべ》て栄養摂取としては非効率的だと教えられ続けてきた。確かに雪は、単一かつ少量で必要な栄養をまかなえる。だが、それでも俺は……」

「……ようするにあんたは、雪だけじゃ満足できない、腹ペコなゼノイドなわけね」

「ハラペコ……？」

「お腹《なか》がすいてる、ってことよ」

冬世界に飢餓《きが》という現象は存在しない。ゆえに、アルツはそんな言葉も概念も知らない。

だがそれは、まぎれもなく——飢えという感情だった。


ミーネを連れて、二人は再びノア機関に赴いた。

事前に渡されていたX結晶で連絡しておいたため、リィザは手早く出迎えてくれた。

「お待ちしておりました。白米をご所望とのことでしたので、ご用意いたしました。どうぞ、好きなだけお持ち帰りください」

リィザとミーネ。ノア機関の二人に、アルツは不思議な親近感を抱いていた。

選別試験で処分されそうになったという境遇を聞いてからだ。それに二人とも、旧人類《プロト・カインド》に近づきたいという思いを持っている。

特にリィザは、アルツが進もうとしている道を、すでに数歩も先に進んでいるようだ。

芸術という、アルツにはまったく理解できないものを理解している。いつかはアルツも教えてもらいたいと思っていたが、今はそれよりも食欲だった。

「すまない。急に頼んでしまった」

「いいえ。お気になさらず。むしろ、安堵《あんど》しております。わたくしはてっきり、ミーネが粗相をしてしまい、やはり手に負えないと仰《おっしゃ》られるのではと……」

「まぁ、なんとかなりそうよ。お風呂の間だけは、例のマイナス思考も出ないみたいだし」

ナユキの報告を聞いたリィザは、両手を胸の前で組み合わせ、頬《ほお》を緩めた。

「まぁ、本当でございますか！　わたくし、感服いたしました。さすがはナユキ様です。これからもあの子のこと、よろしくお願い申し上げます」

「あ、あの。それなんですけど、リィザさんは来てくれないんですか……？　やっぱり、リィザさんと離れるのは、わたし……」

すっかりいつもの調子に戻ってしまったミーネが、消え入るような声で嘆願した。

するとリィザは、それまでが嘘《うそ》のように表情を引き締める。

「いけませんよ、ミーネさん。それは数時間前も言ったでしょう？　わたくしはここで、記録を調査しなければいけないのですから」

「うぅ……。でも……」

「それに、これはいい機会です。あなた一人で生きていけるくらい、強くなっていただかなければ。運良く拾えた命といえど、いつまた消されるともわからないのですよ」

「……それ、どういうことかしら？　なんだか穏やかじゃないわね」

「選別試験を命じた張本人――ゾット司令に見つかったならば、わたくしたちの命はないということです」

「な……!?　父さんが!?」

「父さん、と、仰いますと……!?　アルツ様は、司令の息子だったのでございますか!?」

双方とも驚愕《きょうがく》に貫かれ、しばし言葉を忘れる。先に動けたのはリィザだった。

「彼は、ゼノイドの冷酷さを象徴するような人間です。都市防衛に不要と判断されれば、その全《すべ》てが排除されます。わたくしたちのような存在は、絶対に許されないでしょう」

「ああ。よくわかる。俺《おれ》も処分される寸前だったからな」

「血を分けた息子にも容赦なし、ですか……。本当に、なんという方でしょう」

リィザが自分と同じ見解を持っていたことを知り、彼女もやはり、アルツと同類なのだと実感する。

話を聞いていたナユキは、納得したようにうなずいた。

「なるほどね。事情はわかった。あんたたちのことは秘密にしておくわ。……まぁ、他のゼノイドと会話なんて、まずしないでしょうけど」

「ええ。そうしていただけると、わたくしたちも助かります」

そこでリィザは、両手をぱんと打ち合わせた。

「さて、気が滅入《めい》る話は、ここまでにいたしましょう。それでナユキ様。こちらをご覧いただけますか」

リィザが手にしたX結晶を起動する。空気中の水分子を　瞬にして凝固させることで、氷のディスプレイを中空に出現させると、そこに映し出された画像をナユキに見せた。

「なに、これ。まさか……書道？　それにしたって、こんな下手な——はっ⁉」

しまった、とばかりに、ナユキは手で口を覆《おお》った。

するとリィザが、ずいっと顔を寄せる。その瞳《ひとみ》は、きらきらと輝きすら放ちそうだった。

「やはり、わたくしはまだ未熟なのですね？　では、どのようにすれば上達できるのか、具体的にご教授いただけませんでしょうか？」

「そ、それは……。あー、もう！　わかった、わかったわよ！　やるからには、徹底的に教えてあげるわ！　まず、字は手で書くんじゃない！　心で書くのよ！」

あちらは忙しくなるようだ。アルツはいてもたってもいられず、建物の奥へ向かう。

「ミーネ、コメの保管場所まで案内してくれ。俺《おれ》たちだけで運んでしまおう」

「あっ、ま、待ってください。そんなに急がなくても、お米は逃げませんよ」


——そして、今。

格納庫内の居住区に戻り、テーブルに着いたアルツたちの前に並ぶのは、半球状の器に盛られた白い米。その一粒一粒にまで、潤沢な水分と栄養の輝きが見て取れる。

（ああ、まちがいない。これが本当の、食べ物だ）

無味無臭の雪などではない。熱で気化した水分とともに、その香りが鼻腔《びこう》をくすぐると、まだ口にしてもいないのに唾液《だえき》があふれ出る。

もう我慢ができなかった。器に手を伸ばしたそのとき——隣のナユキが、不思議な動作をした。両の手のひらを合わせ、静かに目を閉じる。

「いただきます」

「……イタダキマスとは、なんだ？」

「あいさつよ。食材になってくれた生命や、それを作ってくれた人への、感謝の気持ち」

「生命……。生きて、動いていたのか、この米は？」

「植物だもの。動きはしないわ。でも成長して、次の世代を産み落とし、そして消えていく。それはやっぱり、あたしたちと同じ生命よ」

「そう、なのか……。だが、食べてしまってもいいのか？　俺たちと同じ生命を……」

「だから感謝するの。生命をいただいて、自分の生命にさせてもらうんだから。そしてその分まで、必死に生きなきゃいけない。自分を生かしてくれた生命たちに報いるためにも」

「なるほど。それで、いただきます、か……」

最後の言葉は、アルツだけでなくミーネにも向けられたものだった。ナユキの視線を受け止めたミーネは、今まで何度も口にしてきたであろう米を、神妙な面もちで見つめる。

「気付きませんでした……。わたし、ずっと生命をもらってたんだ……」

顔を見合わせたアルツとミーネはお互いにうなずき、両手を合わせた。それを見たナユキは満足そうに、もう一度手を合わせる。

『いただきます』

三人の声が、きれいに重なった。ナユキは二本の棒で、アルッとミーネはスプーンで、白く輝く命の結晶を口に運ぶ。口腔《こうくう》を満たしたのは、歓喜の熱。細胞の一つ一つが打ち震えているようだった。噛《か》めば噛むほど、舌がとろけそうになる。

——これが、生命の味。

ふと、目から液体がこぼれた。それを見たナユキが目を見開く。

「えっ、ちょ……どうしたの？　あんた、泣いてるの？」

「わからない。この液体が流れることを、ナクというのか？　だが、どうして俺《おれ》は……。

ナユキ、これはどんなときに分泌されるんだ？」

「どんなときって……。うれしいとき、悲しいとき、あと、感動したときもそうね。心がなにかでいっぱいになって溢《あふ》れると、それが涙になって流れるの」

「……そうなのか。しかし、なにが俺の心を満たしているのか、混然として判別できない」

「泣いてる最中なんて、そんなもんよ。今はとにかく、ご飯が温かいうちに食べちゃいなさい。できるだけゆっくり、よく噛んでね」

「ああ。そうさせてもらおう」

とめどなく流れる涙もそのままに、アルッは食事を再開した。

心とは不思議なものだった。まさか、自分自身のことがわからなくなるとは。

けれど一つだけ確信できた。

この先なにを食べたとしても、今日のこの米の味だけは、絶対に忘れないだろう。

# 第四章

# Chapter: 04

Xestmarg of silver snow

闇《やみ》の中だった。目を開けていても、一片の光さえ見あたらない。

——そして、苦しい。全身を圧迫感が襲っている。

鼓膜を震わすのは、やけに大きな心音。まさか、周囲に反響でもしているのか。

(早く、抜け出さなければ……!)

もがく。もがく。力の限り。

やがてかすかな光が見えた。それは網膜を焼くほどにまばゆく広がり、ふっと全《すべ》ての力から解放される。

そして聞こえる——女性の声。

「やっと会えた。あなたが、わたしの……」


アルツはそこで目を覚ました。四方を囲んでいるのは、段ボールという素材の箱の壁。ナユキが食堂に作ってくれた寝床だ。

彼女は即席の構造だと言っていたが、アルツにはそうは思えなかった。これまでは格納庫脇の狭い詰所に大勢が押し込まれ、冷たい床の上に直接寝ていたのだ。それに比べれば、快適そのものだった。

箱の中で上半身を起こし、いまだぼんやりとしか物を映してくれない目をこする。

これは夢というものだと、ナユキに教えられた。だが、しかし……。

顔を洗いに廊下へ出る。風呂場《ふろば》とセットの洗面台の前では、一足早く起きていたナユキが、水滴のついた頬《ほお》をタオルでなでていた。

「おはよう。ナユキ」

「ん。おはよう。……浮かない表情ね。またあの夢？」

「ああ。これで七日間、毎日だ」

「なんなのかしらね。あたしはカウンセラーじゃないから、よくわかんないけど。そもそも、今まで夢なんて見たことないって言うじゃない」

ナユキがすっと洗面台の前から離れる。アルツも顔を洗ってから、その言葉に答えた。

「快適な環境で睡眠を得られるようになったことと、なにか関係があるのだろうか……。あとの可能性は、イデアの鍛錬による成果か」

「それはあるかもしれないわね。人間らしくなってきた、ってことかも」

そのとき、アルツの服のポケットで、呼び出し音が鳴った。通信用のX結晶だ。

だが、それは二つあった。クーラに持たされたものならば、その内容はXENO《ゼノ》襲来の救援要請だろう。リィザに持たされたものならば、おそらく留美《るみ》に関する報告。

果たして、通信の相手は――。

『朝早くに失礼いたします。ナユキ様にご報告があるのですが、よろしいですか？』

X結晶によって作られた氷の板に浮かんだのは、神妙な面持ちのリィザだった。

ナユキはそのディスプレイを、食い入るように見つめる。

「もしかして、留美さんの記録が見つかったの⁉」

『それは……。とにかく、こちらにお越しいただけますか？』

　リィザの言葉は歯切れが悪かった。アルツはそれが、妙に気になった。


リィザに案内されたのは、ノア機関の資料室だった。七色に発色する六角形の柱——演算処理用の大型X結晶デバイスに囲まれるように、端末が設置されている
「どうにも気になるデータがございまして。一度、ナユキ様に確認していただこうかと」

リィザはそう言いながら操作板に手をかざした。

そこに表示された情報を見たナユキは、びくりと身体《からだ》を震わせた。

「リュミエール・ベフライア……？　名前はちがうけど、この顔は……」

「……やはり、そうでしたか。ちがっていて欲しかったのですが……残念でございます」

画像データは二枚。長い黒髪の女性を、正面と側面から映したものだった。

問題は、その経歴。

二十年前、警戒任務中の上級機士、リヒト・ベフライアによって、旧人類《プロト・カインド》の遺跡にて発見される。管理番号、名前、過去の記憶、その一切が不詳。リヒトによって管理番号と仮名を与えられ訓練生となるが、一年後、リヒトと共に消息を絶つ。

　さらにその一年後、突然に姿を現し、ゼノ・トランサーを奪って逃走。追撃に向かった機体三機を大破させ、搭乗員に重軽傷を負わせる。

その後、ゾット司令が直々に討伐に赴き、追い詰められた彼女は――。

「ホワイト・ホライゾンに、飛び込んだ……」

ごくり、と、アルツは喉《のど》を鳴らした。

XENO《ゼノ》ですら凍《い》てつかせる極寒の障壁である。生きているわけがない。

もし本当にリュミエールなる女性が、ナユキの探している留美《るみ》だとしたら……。

「ナユキ……」

ディスプレイに見入っていたアルツは、傍らのナユキに視線を移そうとし――その姿が見あたらないことに、ようやく気付いた。

「ナユキ⁉　どこにいった⁉」

振り返ると、今まさに部屋を出ていこうとしている、黒い少女の背中が見えた。声をかけようとすると、わずかに早くナユキがつぶやく。

「……ごめん。今は、誰《だれ》とも話したくないの」

「だが、しかし――！」

「いいから！　ほっといてよ！」

叫びとは別に、空気を震わす力の波動――ナユキから放たれたイデアがアルツを吹き飛ばし、壁に叩《たた》きつけた。肺の中の空気が無理矢理《むりやり》に押し出され、苦痛のうめきをもらしながら、床にずるずると落ちる。

「ナユ、キ……」

「アルツ様！　お怪我《けが》はございませんか？」

よろよろと立ち上がるアルツに、リィザが手を差し出した。

「今のナユキ様は、どんな言葉をかけられてもつらいだけでしょう。自身も仰《おつしや》っていたように、そっとされておくのが一番いいのかもしれません」

「ナユキの背中を見たら、追いかけて、言葉をかけずにはいられなかった。それが彼女の意志に反すると理解していながら、だ。そんなことをした理由は俺《おれ》自身も不明だが、やはりまちがっていたのか」

「それは……どうなのでしょう。おそらく、アルツ様も正しいとは思いますが」

「……わからない。いったいどういうことだ？」

「人間の心は複雑なのでございます。わたくしも、まだまだ精進が足りませぬが」

自分自身に言い聞かせるように、そっと胸に手を置くリィザ。それはアルツも、再三のようにナユキに言われていた。

やはり自分は、まだまだ人間を理解できていない――アルツが改めて痛感していると、廊下の向こうからミーネが駆けてきた。

「あ、あのっ。ナユキさん、どうしたんですか？　機体のコクピットに閉じこもって、呼びかけても返事がなくて……」

「ミーネさん……。そのことなのですが――」

ゼストマーグの胸部にある複座型コクピット。ナユキは前方――三百年前に担当していた操縦用の席に、両足を抱え座っていた。その顔は膝《ひざ》に押しつけられ、隠れて見えない。

「留美《るみ》さん……。どうして……」

つぶやいても、答えは返ってこない。

いつも一緒にいてくれたもう一つの温《ぬく》もりは、永久に失われた。

「あたし、本当に一人になっちゃった……」

――いや。そうなのだろうか。

あの人が簡単に死ぬとは思えない。この目で確かめるまでは、認められない。

ぎゅっと自身を強く抱いた後――ひらりと後部座席に飛び移り、凄絶な声音を発した。

「……システム、緊急モードで再起動。出力と操作を猫馬那雪《ねこまなゆき》に兼任して設定」

一人二役。当然、負担は通常の比ではない。全力全開での稼働を、一瞬も途切れず続けることを強いられる。ディスプレイの片隅には、目障りな太字の警告文が表示された。

「あたしの心なんて、もうどうなってもいい……。だから動いて、ゼストマーグ!!」

ナユキは、コクピット自体が真っ赤な火の玉になったかのように、イデアを燃やした。


リィザが事情を説明すると、ミーネは今にも泣き出しそうな顔をした。

「ナユキさんの探してる人が、そんなことに……」

「全《すべ》ての元凶は、あの男——ゾット司令です。彼さえいなければ、このような悲惨な事態にはなっていないでしょう」

過去になにがあったのか、その詳細までは記録されていない。だが、ゾットが関《かか》わっていることだけは、疑いようがなかった。

(父さん……！　あんたはいったい、なにをしようとしていたんだ……!?)

そのときだった。ずん、と、地面を揺るがす重い音が響いたのは。

「今の音は、外から!?　まさか……!?」

建物から飛び出したアルツが見たのは、歩行するゼストマーグの後姿。

「ゼストマーグは二人乗りのはず……！　なぜ動いているんだ!?」

アルツからやや遅れて、リィザも切羽詰まった表情で外に出てきた。

「アルツ様！　お願いでございます、ナユキ様を止めてください！　探し人の後を追って、ホワイト・ホライゾンに飛び込むつもりなのかもしれません！」

「バカな!?　それではナユキも死んでしまう！　なぜそんなことを!?」

「旧人類《プロト・カインド》というのは、自分で自分の命を捨てることもあったそうでございます！　特に、心が弱ったときなどは、その行動が多発したと！」

「なんだと……!?　本当に、心とは複雑だな！」

吐き捨てるように言うと、アルツは走り出した。

あの巨人を止められるとしたら、方法は一つしかない。そして、ここは他でもない要塞《ようさい》都市だ。あちこちに点在する格納庫の一つに駆け込むと、内部には左右三機ずつ、合計六機のゼノ・トランサーが滑走形態で鎮座していた。

「すまない！　少し借りるぞ！」

無人だった機体の操縦席に滑り込み、起動しようとするが――失敗してしまう。

「くっ！　こんなにときにまで、俺《おれ》は！」

X結晶の操作には、心を無にすることが必須。それはイデアの行使とは真逆の状態だ。焦る感情を必死で殺し、脳をただの高速演算装置として運用する。

ナユキと出会う前までは毎日のように行っていたことが、はるか昔に感じる。この七日間が、それだけ濃密だったのだ。

「……よし。起動成功」

アルツの駆るゼノ・トランサーは、よろめきながらストック・マニューバを吹かし、格納庫を発進した。その様子を見ていたリィザは、表情を険しくする。

「あのような操縦技能で……？　さすがに無謀なのではありませんか？　これはどうやら、奥の手を使う必要がありそうですわね。クーラ様に連絡し、許可を取らなくては」

「あっ、リィザさん？」

「ミーネさんも、わたくしと来てください！　起動準備、手伝っていただきます！」

「えっ？　ええっ!?」

リィザに手を引かれたミーネは、困惑で顔を強《こわ》ばらせながらノア機関に消えていった。

そのころアルツは、必死でゼストマーグの背中を追っていた。

「……妙だ。あの機体の機動性能は、あんなものではないはず」

アルツがゼノ・トランサーを安全に動かせる速度など、たかがしれている。それなのに、両者の差は広がることなく、むしろ縮まっている。

「もしや、ナユキ一人だから、なのか……？」

ならば、いける。ナユキを止めることができる。

そう気が逸《そ》れた瞬間、出力が不安定になり、機体が前後に大きく揺れる。

「うおっと！　危なかった……！」

わずかな感情の発露さえ、X結晶の制御には致命的となる。無心を保ったまま、アルツの機体はじりじりと間合いを詰め——ついにゼストマーグに追いついた。

アルツは即座に機体を人型に変形。ゼストマーグの腕をつかむ。

しかし、その体格差は歴然。ゼノ・トランサーの倍近い巨躯《きょく》を誇るゼストマーグを止めることはできず、そのままずるずると引きずられてしまう。

「ナユキ！　どこに行くんだ！　まさか本当に、ホワイト・ホライゾンに⁉」

外部スピーカーで呼びかけると、ゼストマーグからナユキの声が返ってきた。

「そのまさかよ。あたしは留美《るみ》さんのところに行く」

「やめるんだ！　死んでしまうぞ⁉」

「やってみなきゃ、わからないわよ。ゼストなら耐えられるかもしれない」

「だとしても、ナユキの探している人は、もう……！」

「だから、それを確かめに行くのよ！」

身体《からだ》を襲う浮遊感。ゼストマーグの腕の一振りで、アルツの機体は投げ飛ばされた。偶然か、それともナユキが意図したのか、落下地点は道路。都市への被害は回避できた。

だが機体へのダメージは避けようがない。積雪がある程度の衝撃を緩和してくれたが、ゼストマーグのパワーはそれをはるかに凌駕《りようが》していた。雪煙を巻き上げながら、機体は優に一区画分は雪面を転がり滑る。

コクピットのディスプレイは、一瞬にして警告文で埋め尽くされた。右腕、及び右足が大破。行動不能。

「うぅ……。出力は健在か。さすがゼストマーグだ……」

あまりに圧倒的な性能差に、素直な賞賛が口をついて出てしまう。

「これがゼストよ。あたしのイデアを極限にまで増幅してくれる。だから邪魔しないで！」

ナユキは知らないのだ。ホワイト・ホライゾンの恐ろしさを。

あの障壁を背負った要塞《ようさい》都市のゼノイドたちは、まずそれを教育される。絶対零度の吹雪《ふぶき》でXENO《ゼノ》が凍り付き、粉々に砕《くだ》け散る映像を見せられれば、近づこうと思わなくなる。

（どうする!?　なんと言えば、ナユキは止まってくれる!?）

まるで見当もつかなかった。

改めて思い知らされる。自分はまだまだ、人間の心を理解できていないのだと。

ゼストマーグの巨大な脚部が歩みを進めていくのを、アルツは横倒しになったコクピットから眺めることしかできない。

――ふと、そのモニターに不可解なものが映った。

「ノア機関の方角……？　なんだ、あの雪煙は」

アルツが予測したとおり、その異変はまさにノア機関で起きていた。

雪煙を巻き起こす風の中心にあるのは、その隣の建物。細長い箱のようだったそれは、今は正面の壁がない。なにかで破壊されたわけではなかった。高速でスライドしながら地面に消えていったのだ。

偽装格納庫だった。そこに隠されていたのは――眼《め》も冴《さ》えるような青を煌《きら》めかせる機体。

それが道路に歩み出ると、脚部の装甲が展開して板になった。踵《かかと》のノズルから光を吹き出し、猛然と加速してくる。その様子は、アルツ機のモニターでも捕捉《ほそく》できた。

「あれは、まさか――ゼストマーグと同じタイプの機体⁉」

「アルツ様！　あとはわたくしたちにお任せを！」

「ひええ。速っ、怖っ、痛っ、舌っ」

「リィザとミーネ⁉　二人が動かしているのか⁉」

「いいえ。わたくしたちは搭乗させていただいているだけ。操縦しているのはアルツ様もよくご存知《ぞんじ》のお方です！」

　青い機体はアルッ機の目前で急停止。軽々とアルッ機を抱え上げると、建物を背もたれにして、そっと座らせた。

　間近で見た外観はやはり、ゼノ・トランサーよりもゼストマーグに似ている。直線を多用した尖鋭《せんえい》的な形状。そしてなにより、イデアを使用すると思われる兵装。

　しかし全高は違う。ゼノ・トランサーよりは大きいが、ゼストマーグよりは一回り以上小さい。なにより、機体各部にアタッチメントされた近接武器。あれはゼノ・トランサー用ではないのか。明らかにサイズが不釣り合いだ。

　アルッは奇妙な感覚に襲われた。この極端なまでの武装、どこかで見たような――。

「兄さん。大丈夫かい？」

「リステル？　リステルなのか!?　おまえが、なぜ!?」

「アルッ様、申し訳ありません。事情は後ほど説明いたします。今は、ナユキ様の制止が先決です！　さぁ、リステル様。お願いいたします！」

「わかった。あの黒い機体が、兄さんをこんなにしたんだね。……絶対に、許さないよ」

　背筋がぞくりとした。アルッが知っているリステルの声は、ゼノイドらしく感情のない冷淡なものだった。それでも、ここまで冷たくはなかったはず。

「リステル……。おまえは、いったい……？」

「待っててね、兄さん。すぐに戻ってくるから。そうしたら、僕と一緒に帰ろう。ようやく再会できたんだ。これからはもう、ずっと、ずっと離れないよ……」

最後の言葉は、わずかに震えていた。今度は冷たさから一転、ねっとりと耳元にからみつくような声音だった。こんな声は、今までに聞いたこともない。

そこに含まれた感情も、突然現れたリステルのことも。青い機体は全《すべ》ての答えを内包したまま、背中の白い剣を手に構え突進していった。

切っ先は的確にゼストマーグの背後を狙《ねら》う。これでは、もはや制止ではなく戦闘だ。

しかし、さすがゼストマーグ。さすがナユキ。

腰のブラスターを手にした瞬間、振り向きもせずに放った光弾で、その攻撃を弾《はじ》いた。

リステル機の手を放れた剣が、弧を描き地面に突き刺さる。

「いきなり物騒ね。なに、あんた？」

「兄さんは、僕が守る」

「へぇ。もしかしてアルツの妹？　聞いてたイメージとは、ずいぶんちがうわね」

ただならぬ相手であることを察したのか、ゼストマーグは反転すると同時に後方へ跳躍。

距離をとってリステル機に向かい合った。

「それに、その機体。まさか、イデアで駆動しているの？」

「兄さんを傷つける者は、みんな斬《き》り伏《ふ》せる」

「会話にならない、か……。答えるつもりはないってこと？」

ナユキの問いに対する返答は、言葉ではなく行動だった。

リステル機は両手を腰に回して二本の短剣を抜き放つと、タイミングをずらして投げつける。時間差攻撃。ゼストマーグは両手でブラスターを構え、それらを撃ち落とす。甲高い音を鳴らし、人間程度なら真っ二つにできる巨大な刀身が、深々と建物の外壁をえぐる。

だがそれは陽動。その隙《すき》に、リステル機はもう一本の白い剣を手に、再び突進する。

迎撃するゼストマーグも、ブラスターから光弾を放つ。

照準は外していない。ナユキも本気だ。これに対してリステルは――。

突撃を続行。剣の柄《つか》を軸に刀身を回転。前面に円形の防御を展開し、光弾を受けさばく。

「ちょ、なにそれっ⁉」

ナユキの戸惑いの声ごと斬り捨てるように、青い機体は剣を振りかぶる。すでに回避できるタイミングではない。ゼストマーグは左腕を掲げてガードを試みる。すると。

「ちがう。そっちじゃない」

青い機体は、今まさに振り下ろしている最中だった剣閃《けんせん》を、強引に止めた。

そのまま高速ですれちがい、板を装甲に戻すと、上半身をひねりながら跳躍。空中で、しかも無茶《むちゃ》な体勢からの一撃だというのに、ゼストマーグの右脚部を深々と斬り裂いた。

「あうっ！」

イデア駆動の数少ないデメリット。痛覚の共有により、ナユキが苦悶《くもん》の声をあげる。

一方、リステル機も無理がたたったのか、バランスを崩していた。どうにか四《よ》つん這《ば》いで着地すると、両手両足をこすりつけながら地響きを鳴らして制動し、ようやく停止した。

戦術的に有効とは言い難《にく》い結果だった。

だが、リステルはさも満足そうに「……よし」とつぶやく。

「あとは右腕。君が兄さんにしたことを、そっくりそのままお返しするよ」

「はっ！　兄さん兄さんって、とんでもないブラコンね！　悪いけど、あんたにかまってる暇はないの！　あたしの邪魔をするってんなら、全力で撃ち抜くわ!!」

再び対峙《たいじ》する黒と青。

ゼストマーグは仁王《におう》立《だ》ちで両肩の広範囲迎撃機関砲の砲門を開いた。対するリステル機は、背中からもう一本の剣を引き抜き、二刀流の構えで突進準備。

一触即発。わずかに訪れた、息も吐《つ》かせぬ攻防の間隙《かんげき》を逃すことなく、アルツは叫ぶ。

「ナユキもリステルも、やめるんだ！　このままでは、どちらも無事ではすまなくなる！」

「その通りでございます！　二人とも冷静になって、周囲を見てください！　道路の舗装は壊滅、建物にも被害が出ております！　都市の警報が鳴るのも、時間の問題です！」

今のところ人的被害は皆無なのが、せめてもの救いか。周囲には人影どころか、悲鳴の一つもない。ゼノイドたちは、突然の戦闘に対してもパニックになることはなく、黙々と避難を行っていた。おそらく今頃は、各所の格納庫でゼノ・トランサーの小隊が出撃の準備を完了し、警報による命令を待っていることだろう。

「特に、リステル様！　あなたは加減というものをご存知《ぞんじ》ないのですか!?　ナユキ様の制止を頼みはしましたが、ここまでの暴挙は言語道断でございます!!」

「そんなの知らないよ。兄さん以外の人間なんて、どうなってもかまわない」

「あ、あなたという人は、なんという——って、ミーネさん!?　そんな、気持ち悪いと仰《おっしゃ》られても……！　ああ、ダメです！　我慢してください！」

慌ただしさを増す、リステル機のコクピット。これが最後のチャンスと悟ったのか、ゼストマーグから降伏勧告が届く。

「アルツやリィザの言うとおりよ。この辺で引いてくれない？　こっちもね、なりふりかまってられないの。その機体を穴だらけに撃ち抜いてでも、あたしは進む」

「ダメ。許せない。その機体の右腕を切り落として、兄さんと同じ痛みを与えるまでは」

「……そう。せっかく警告してあげたのに、残念ね」

ゼストマーグの両肩部砲門に光が収束していく。リステル機の脚低部ブースターノズルにも、同じく光が収束していく。赤い弾幕がリステル機を粉砕するのが先か、それとも、疾風のような突撃剣がゼストマーグを斬《き》り伏《ふ》せるのが先か。

次の瞬間にも、どちらかが——最悪、いずれとも大破する未来が訪れようとしていた。

（やめろ……。二人とも、なんでこんな……）

どくんどくんと、アルツの心臓は破裂寸前の勢いで血流を巡らす。脳は怒濤《どとう》の勢いで感情を高ぶらせ、眼球すら血で赤く染まりそうだった。

——そして、ふっと目の前が真っ白になる。

「やめろと、言っているだろうっ!!」

その瞬間、モニターのX結晶活性稼働率が、見たこともない値を叩《たた》き出《だ》した。

座り込んだアルツ機は、健在な左腕の膂力《りょりょく》のみでストック・マニューバを投擲《とうてき》。機体の人工筋肉は出力限界を超え、音を立ててちぎれ飛ぶ。その投擲速度たるや、黙視することすら困難だった。交錯する黒と青の機体の視線を絶つように、地面に突き刺さるストック。

「アルツ!?」「兄さん!?」

二人の意識は、突如として現れたそれに向けられたようだ。

今なら俺《おれ》の話を——そう思い呼びかけようとするも、コクピットが暗闇《くらやみ》に閉ざされる。

「思考ノイズ増大、X結晶の活性稼働率が反転……!?　ちっ、起動不能か!!」

アルツはコクピットのハッチを蹴破《けやぶ》り、ゼノ・トランサーを乗り捨てた。

道路に点在するのは、崩れた建物の瓦礫《がれき》と、えぐりとられた凍土の塊《かたまり》。これがもし直撃したら、人間などひとたまりもない。機動兵器同士の戦闘行動。その爪痕《つめあと》を、生身の肌はより鋭敏に感じ取り、脳の熱はますます増大していく。

「相手はXENO《ゼノ》ではないのに、なぜ戦う!?　なんの意味がある!?　お互いに傷つけあうだけじゃないか!?」

・

走りながら叫ぶと、ふと懐かしい味がした。血の味、鉄の味。喉《のど》が切れたのだろう。

そして、いつか感じた旧人類《プロト・カインド》への畏怖もまた、心の奥底から呼び起こされる。

(旧人類は、お互いに戦いあい——)

ぐらりと、身体《からだ》が揺れた。瓦礫につまずいたのだ。雪の上に倒れ込んだアルツは、白く汚れた顔を上げる。

「それとも、これもまた……人間だというのか⁉　答えてくれ、ナユキ‼」

はるかな高みから、ゼストマーグの巨大な顔がアルツを見下ろす。

それは、一瞬の空白。けれど返答を待つアルツには、時が止まったようにすら思えた。

やがて――。

「そうよ。誰《だれ》かを傷つけてでも、遂げたい想《おも》いがある。争いを起こしてでも、叶《かな》えたい願いがある。それが、あんたがなりたいって言ってる――人間よ」

ナユキのその言葉は、アルツの心の中にあったなにかを、粉々に打ち壊した。

「俺、は……」

知らず、地面についた手に力がこもった。冷たい雪が指の隙間《すきま》からもれる。

雪をかき抱くようにうずくまるアルツに、声が降ってきた。

「兄さん。僕もね、旧人類のことを学んだよ。どうやら僕にも、感情が生まれてしまったらしいから。この気持ちは――愛というんだってね」

「リステル……？　おまえにも、感情が……？」

アルツは信じられない思いで、青い機体を見上げた。

だが、確かにそうなのだ。考えてみれば、答えは最初から提示されていた。この赤い光はイデアの――感情の煌《きら》めきなのだから。

「その黒い機体の言うことも、理解できるよ。僕には兄さんの存在が全《すべ》て。兄さんを守るためなら、どんなこともするし、どんな敵とも戦う」

「これが、こんな戦いが、俺《おれ》のため……!? いいや、俺には理解できない!! 頼むから、戦いをやめてくれ!!」

アルツは首を振って叫んだ。

その悲痛な嘆願が届いたのか、リステル機は剣を収めてくれた。

「兄さん……。わかった。それが兄さんの願いなら、僕は従うよ」

同乗していたリィザからも、安堵《あんど》のため息が漏れた。

「あぁ、ようやく戦闘をやめていただけましたね――って、ダメです! これでは、本末転倒です! ナユキ様を止めなくては!」

「問題ないよ。その目的なら、もう達成しているから」

「え? それは、どういうことでございますか?」

リィザの問いに答えたのは、ナユキだった。

「ゼストの右足を損傷させたからってこと? なら、おあいにく。確かに歩行は厳しいけど、こっちも滑走はできるのよ」

ゼストマーグは板を展開すると、ブースターを吹かし滑走していく。

だが、棒立ちのリステル機とすれちがった瞬間。

「えっ!? ど、どうして!?」

セストマーグ右足のブースターが停止。左足のみとなった推力は右への急旋回を誘発し、機体は建物に突っ込んだ。この状況を予期していたのか、リステル機は微動だにしない。

「さっきの斬撃《ざんげき》で右足のエネルギーラインを切断したんだよ。イデアの流れを感じ取れば、どこにどういうラインが通ってるか、すぐにわかったからね。その右足が失ったのは歩行機能だけじゃない。イデアを使用する、全《すべ》ての機能だよ」

その一つが右足のブースター。これでは左右の出力バランスが崩れ、直進はできない。

「……ちっ。味なことしてくれるじゃないの。……でもね！」

瓦礫《がれき》を振り払い立ち上がったゼストマーグの全身が、赤い光に包まれる。

「あたしには白銀新生があるのよ！　こんな損傷、すぐに再生してあげるから！」

アウター・スノッからあらゆる物質を作り出す、奇跡の現象。一度は完全に失った腕ですら再生させた白銀新生だ。内部構造を復元することくらい、造作もない。

だが――。

「う、くっ……」

ただ苦悶《くもん》の声がもれるだけ。ナユキがどれだけイデアを燃やしても、奇跡は起きない。

「どうしてダメなの!?　応《こた》えてよ、ゼスト!!　あたしはもう一度、留美《るみ》さんに会いたいのよ!!」

その叫びは、ゼストマーグには届かない。

――けれども、別の《なにか》には、届いたのかもしれなかった。

「なんだ？　ホワイト・ホライゾンが……？」

アルツが驚愕《きょうがく》の声を上げる。それは、見たこともない異変だった。

吹雪《ふぶき》の壁の一部が盛り上がり、うねるように分離する。塊《かたまり》となった雪は猛烈な風を伴いながら、まるでゼストマーグの放つ熱に惹《ひ》かれているかのように急速に飛来する。

雪の塊は、その眼前でぴたりと停止し——次の瞬間、雪が弾《はじ》けた。

「あれは……人、だと!?」

そう。現れたのは人だった。もう少し補足するならば、空中を浮遊する人型のなにか、といったところだろうか。

そんなバカな、とアルツは自らの目を疑う。

だが、次の瞬間。「ああ……」と、ナユキが声を震わせた。

「留美《るみ》さん……。やっぱり、生きてたんだ……」

その言葉は、この場に衝撃を走らせた。

ホワイト・ホライゾンに突入した人間が、そこから再び現れるなど、ありえない現象だ。いくら留美が規格外の戦士だったとしても、絶対零度の吹雪の中で生存し続けるなんて。

「目が覚めて、留美さんが隣にいなくて、みんなが、彼女は死んだって言うの。けど、そんなはずない。留美さんなら絶対に生きているはずだって……信じていて、よかった」

ゼストマーグが腕を伸ばす。留美の形をした《なにか》に。

「会いたかった、留美さん……！」

「よせ、ナユキ……！」

たったそれだけの動作になぜか不安を感じ、アルツは知らず、そう叫んでいた。

　——しかし、ゼストマーグの動きが不意に止まった。双眸《そうぼう》から光が消え、がくりと脱力した巨体が膝《ひざ》を突く。

「あ、あれ？　おかしいな？　あ、そうか。緊急モードで動かしてたから、ちょっと疲れちゃったのかも。あはは。恥ずかしいとこ見せちゃったわね」

　ナユキはコクピット・ハッチを手動で開けて外に出ると、機体の首周りに立った。

　宙に張り付いたように微動だにしない《なにか》と、正面から視線が交錯し——ナユキの瞳孔《どうこう》が、きゅっと収縮する。

「肌……すごく、白くなったのね……。それに、アクセサリーまで……その、額の——」

　だが、それはなにも答えなかった。ただ無言でナユキの瞳《ひとみ》を覗《のぞ》き込《こ》んでいた。

「…………」

　やがて、唐突に顔を逸《そ》らした《なにか》は、中空を滑るようにアルツへと接近した。

　アルツの身体《からだ》を緊張が走り、退避の準備を整える。

「なっ……!?」

　——いや。すでに脳は、筋肉へ信号を送っていた。だが、身体は動かなかった。

　まるで氷漬けになったように、あの瞳に射抜かれると自由を奪われてしまうのだ。

　間近まで迫ったそれは、静かにアルツの顔を覗き込む。

　虚《うつ》ろな瞳をした純白の女性。その額に光るのは六角形の結晶——X結晶。

（まさか、XENO《ゼノ》!?　人の形をしたXENOなのか!?）

そのとき、硬直したままのアルツの眼前に、太く強靭《きょうじん》な腕が現れた。

「兄さんは、僕が守る!!」

リステルの駆る青い機体は、《なにか》をひねり潰《つぶ》さんばかりの勢いで手を伸ばした。

だが、それは届かない。虚空から現れたのは、巨大な氷。六角形の防壁が、《なにか》とリステル機の間を堅く隔てる。

「くっ……！　それなら！」

リステル機は剣を手にし、氷の防壁へと叩《たた》きつける。何度も何度も。それでも、ひびはおろか、傷もつけられない。

「…………」

無言のまま、《なにか》がリステル機を見据える。

襲い来るのは、荒れ狂う吹雪《ふぶき》。氷の防壁から放たれたそれは、リステル機を覆《おお》い尽くすように吹き飛ばし、機体を建物へと叩きつけた。搭乗している三人の悲鳴が重なり響く。

「みんな!?　大丈夫か!?」

「平気、だよ……。兄さんを守るためなら、これくらい……！」

建物に背を預けるように倒れた機体から、リステルの気丈な答えが返ってきた。

その直後、都市全体をけたたましい警報の音が包んだ。

《――緊急警報。ランク・ベータ。都市内部に敵性と思われる人型の移動体が出現。第2、第5小隊に迎撃命令――》

命令に応じ、付近の格納庫からゼノ・トランサー部隊が飛び出してきた。リステル機の横を滑走形態のまま次々とすり抜けると、人型に変形してストック・マニューバを構える。

「目標確認。各員、斉射」

彼らもはじめて目にするだろう、人型のXENO《ゼノ》。しかしその声には微塵《みじん》も動揺の色はなく、指揮官機は冷徹に攻撃命令を発した。弾雨が《なにか》に降り注ぐが――やはり、あっけなく氷の壁に阻まれてしまった。

対する《なにか》は、その視線をゼノ・トランサー部隊に向けて。

【はじめに、わたし在り】

声を発した。

意味こそ不明瞭《ふめいりょう》だったが、人間の耳が聞き取れる可聴域、人間が理解できる言語で。

【はじめに、わたし在り。いまでも、わたし居る。あなたにも、わたし成り――】

その波動を受けたゼノ・トランサー部隊は、びくりと機体を痙攣《けいれん》させながら、ゆらりと傾いで倒れていく。

明らかな異常事態。その理由を、アルツは自分自身で体験することとなった。

「な、なんだ!?　この苦しさはっ……!?」

それはただの音波ではなかった。まるで空気の壁が全身を押し潰しているような、途轍《とてつ》もない圧迫感を伴っている。なにより不快なのが、脳内で反響する、耳鳴りに似た高周波。頭蓋《ずがい》に手を突っ込まれ、かき回されているような感覚だった。

「僕の身体《からだ》が……動かない……!?」

「わ、わたしも、です……。頭の中でがんがん音が響いて、気持ち悪い……」

「もしや……機体ではなく、搭乗員への直接攻撃……!?　わたくしたちの脳神経に介入する力を持ったＸＥＮＯ《ゼノ》ということですか!?」

リステルたちの戸惑いの声が漏れ聞こえる。どうやらアルッと同じように、身体の自由を奪われてしまったようだ。

脳神経の攪乱《かくらん》。それはアルッたちにはもちろん、ゼノ・トランサーにとっては特に致命的な妨害だ。脳波による動作プログラム生成が阻害されては、操縦もままならない。

破壊力こそないが、驚異的な制圧力を誇る攻撃に、アルッは叫ばずにいられなかった。

「おまえは、いったいなんだ!?　なにが目的だ!?　答えろ!!」

射抜くような目で《なにか》をにらむと、彼女は声を発し続けたまま、視線を青い機体へと向けた。するとリステルの苦悶《くもん》の声が、悲鳴へと変わる。

「ああっ！　あ、頭が！　割れるように痛い……!?」

「リステル様!?　いけません！　今のでゲマルガルドへの適応調整が乱れてしまったのですね……！　機体とのリンクを強制切断いたします！」

ゲマルガルド。そう呼ばれた機体の双眸《そうぼう》から光が消え、完全に停止する。

どうやら脳神経に作用してくる敵の攻撃が、機体トラブルを誘発してしまったようだ。

「適応調整とは、どういうことだ!?　リステルは無事なのか!?」

「気を失ってしまいましたが、大丈夫です！　命に別状はございません！」

その言葉にアルッは安堵《あんど》する。

だが、根本的な危機――《なにか》はいまだ健在だ。現に今も、展開した氷の壁の表面がきらめきはじめた。あの吹雪《ふぶき》による攻撃の予兆だ。アルッの背筋を悪寒が走る。

「ま、まずい！　無防備なこの状況で、攻撃を受けたら！」

しかし、その最悪の想像は、杞憂《きゆう》に終《お》わってくれた。

「…………」

声を発することをやめた《なにか》は、がくりと片膝《かたひざ》を突いていた。追撃を行ってこないところを見ると、どうやら今のは渾身《こんしん》の一撃だったのか。

その顔からは表情を読みとれないため、真相は定かではないが、おそらく力を使い果たしたのだろう。《なにか》が展開していた氷の防壁も消えている。

「身体の自由が戻った!?　では、ゼノ・トランサー部隊も……!!」

アルッは期待の眼差《まなざ》しを向けるが、部隊が再起動した様子はない。雪の上に倒れ伏したまま、ぴくりとも動けずにいる。

「くっ……！　ならば、俺《おれ》の手で！」

身体の感触を確かめるように、右の手を左腕の手甲――イデアの補助デバイスに添える。

「デバイス起動！　出力、20％！」

全身にイデアをみなぎらせ、身体能力を強化。そして、開いた右手にもイデアを集中。

拳《こぶし》ほどの大きさの、真紅の球体を出現させる。

自分が戦うしかない。その覚悟が、今まで一度たりともできなかったイデアの制御を、この実戦で成功させたのだ。

「よし！　これで！」

アルツは駆け出す。強化された脚力で地を蹴《け》ると、破裂したように雪が舞い上がった。見る間に《なにか》へと肉薄し、手にしたイデアの塊《かたまり》を叩《たた》きつけようとした、そのとき。

「やめて!!」

はるか頭上から、悲鳴に近い鋭利な声が響いた。

それを聞いたアルツの身体《からだ》と、思考が停止する。なぜだか、そうしなければいけない、という気がした。《なにか》の攻撃より何倍も強い拘束力だった。

「ナユキ……！」

「どうしてこんなことになってるの？　わかんない。あたし、わかんないよ……」

ゼストマーグの首周りに立ったナユキが、ふらふらとした足取りで近づこうとしてくる。

危ない、と思ったアルツが彼女の元に駆け出したのと同時、ナユキは足をもつれさせた。

機体から転げ落ちるその身体を、アルツは地面に激突する寸前で抱える。

「ナユキ、大丈夫か!?」

その問いかけに彼女は答えず、すがるようにアルツの服をつかんできた。

「どうして、留美《るみ》さんにひどいことするの……？　あの人は、あたしの、大切な……」

そこでナユキは言葉を詰まらせ、顔を伏せてしまった。身体の震えが、抱えた腕を通してアルツにも伝わる。

——ナユキの身体が、とても小さく感じられた。

彼女はいつも堂々としていて、アルツに人間の持つ強さ、すばらしさを教えてくれた。

それが今は、触れただけで壊れてしまいそうなほど、弱々しく思える。

「ナユキ……」

アルツはただ、戸惑いながら彼女の名を呼ぶことしか、できなかった。

その間に、《なにか》は巻き起こした吹雪《ふぶき》に身を隠すようにして、消えた。撤退の気配に気付いたアルツがその行方《ゆくえ》を目で追おうとするも。その姿はすでに影も形もない。

「逃げられた……。いや、助かった、と言うべきなのだろうか……」

忸怩《じくじ》たる思いをつぶやきに乗せると、リィザとミーネがリステルを両脇から抱え込むようにして連れてきた。

「アルツ様。リステル様を、ノア機関の地下へお願いします」

「了解した。しかし、地下とは……？」

「それは……行けば、おわかりになるはずです。わたくしは少し気になることがありますので、それを調べてから参ります」

そう言い残し、リィザは停止したままの迎撃部隊へと駆け寄っていく。

機体腹部のハッチへ開閉プログラムを送ろうとするも、うまくいかない。彼女もアルツと同様、X結晶の扱いは不得手なのだ。簡単な作業ですら、極度の集中を必要としていた。

やがて、ゆっくりとハッチが開く。内部を覗《のぞ》き込《こ》んだリィザは「ご無事ですか!?」と呼びかけるが、反応はない。搭乗員は、ただ虚《うつ》ろな視線を中空へと向けているだけだ。

リィザは慌てた様子で搭乗員の口元に手を当てた後、分厚い防寒服の袖《そで》をめくり、その手首に触れる。呼吸と脈は健在だった。

「どうやら、生きてはいるようですね……。しかし、これは……」

完全な行動不能。アルツたちは一時的な不調で済んだが、彼らは重篤だった。

リィザは険しい表情で、《なにか》が消えた方を見やる。

「たった一体のXENO《ゼノ》に、要塞《ようさい》都市の全《すべ》てが無力化される――そんな事態が、起こりえるということですか……?」

それは最悪の可能性。

だが、未来予知にも等しいものを感じたのか、リィザは自身の言葉に背筋を震わせた。

※　※　※

謎《なぞ》の人型XENOが姿を消した後――。

リィザの指示通り、ノア機関の地下へと足を踏み入れたアルツたちが目にしたのは、信じられない光景だった。

「ゼノ・トランサーだと!?　では、ここは格納庫……いや、開発施設なのか……？」

鎮座するいくつもの機体。だが、全て未完成だ。いずれも外見が異なることから、様々な試行錯誤を行っているのかもしれない。

アルツは驚愕《きょうがく》の視線をミーネに向けるが、首を振られた。どうやら彼女も知らされていなかったようだ。そこへ、遅れてリィザが到着した。

「お二人の仰《おつしや》りたいことは、わかっています。ですが、まずはリステル様です。彼女をそちらへ運んでいただけますか」

そう言って指し示したのは、壁際に設置された円筒形の水槽。リィザの説明によれば、その内部は細胞を活性化させる溶液で満たされているのだという。

一糸まとわぬ姿となったリステルが、水槽の中へと沈められる。目を閉じ、呼吸用の器具が取り付けられた顔からは、生気が感じられない。ゆるやかな胸の隆起が微《かす》かに上下していることだけが、彼女が生きている証明だった。

リステルの容態が安定したことを確認したリィザは、ようやく本題を話しはじめる。

「すでにお察しかもしれませんが、こうした兵器開発こそが、ノア機関の目的なのです」

「わたし、知りませんでした……。こんな場所があったなんて」

「ミーネさんにすら黙っていたのは、申し訳ないと思っています。ですが、これを知ってしまえば、平静でいられないのではないかと……」

リィザの懸念していたとおり、ミーネは悲しげに顔を伏せてしまった。

「ゾット司令に見つかったら、殺されちゃうんですよね。でも、わたしはやっぱり……」

「わかってください、ミーネさん。感情に目覚めたわたくしたちは、X結晶をうまく使いこなせません。司令に命を狙《ねら》われても戦う術《すべ》を持たないのでは、死ぬことが確定してしまいます。ですから、わたくしたちでも扱える兵器の開発が、急務だったのです」

「つまりそれが、リステルの乗っていた機体だと」

「アルツ様の仰《おつしや》るとおりでございます。あの機体の名はゲマルガルド。都市との全面戦争に備えて、クーラ様が自身の機体を試作機として開発を進め、ついに実用化された特別製です。X結晶とイデア、両方を動力としております」

「両方、だと……!? だが、あれは相反する性質のものだ。そんなことが可能なのか？」

イデアの訓練後、ゼノ・トランサーに搭乗したアルツだからこそ、その身で理解できた。

するとリィザは、「できる……ようですね」と、やや自信なさげに答えた。

「脳をある状態にすることで可能だと、クーラ様は仰っていました。おそらくアルツ様も、先ほどの戦闘で似た状況になられたかと。一瞬だけ、出力が上がりましたでしょう？」

「――まさか、あの状態が!?」

アルツの問いに、リィザは視線をあらぬ方向に向け、知識を読み上げるように答える。

「確か、怒りの頂点という状態らしいです。感情が高ぶりすぎて、逆に思考は空虚になる。そうして空いた領域――無意識と呼ばれる領域で、X結晶の高速演算が可能になる、と」

「だが、機体はすぐに行動不能になってしまった」

「感情の割合が強すぎたのでしょうね。無意識で機体を操作できたのは、あくまでも偶然だったということです。ゲマルガルドはそれを意図的に継続して行えるよう、パイロットの脳を調整する機能を搭載しております」

「あれを、意図的に……。そんなことをして、本当に大丈夫なのか？」

アルツがその状態になったのは一瞬だが、脳が焼かれるかと思ったほどだ。それを継続するとなると、パイロットへの負担は計り知れないように思えた。

「……大丈夫だよ」

不意に聞こえた声。水槽の中のリステルが目を開けていた。

「リステル！　よかった、気がついたんだな……」

「うん。僕は平気。むしろ、うれしいくらい。あの力なら、どんな敵からだって、兄さんを守ることができる」

そう言って、リステルは力なく笑った。

今まで見たことのない表情だった。リステルは感情が生まれたと言っていたが、それはつまり、アルツと同じ立場になったということ。

少し心配になる。これで彼女も、存在不適格の烙印《らくいん》を押されてしまったのだ。

だが、あのリステルが自分を守ろうとしてくれたことは、素直にうれしかった。

「そうか。リステルは俺《おれ》を大切に思って、俺を守ってくれたんだものな。礼を言おう」

「あぁ、兄さん……。そう言ってくれるだけで、僕は満足だよ……」

とろけそうな笑みを浮かべたリステルは、気が抜けたのか、再び眠りについてしまう。

やはり、ゲマルガルドの負担は相当なようだ。彼女はこれからもあれに乗るのだろうか
――と、今後の心配をしていると、リィザがこれまでの経緯を説明してくれた。

「感情に目覚めたリステル様は機士の資格を剥奪《はくだつ》され、教育カリキュラムの受講を命じられたようです。そしておそらく、選別試験も……。それを察知したクーラ様は彼女を助け出し、ここに匿《かくま》ったのです」

「クーラが……。そうか、二度もリステルが助けてもらったことになるな。旧人類《プロト・カインド》の遺跡でXENO《ゼノ》に襲われたときと、今度のことと」

「リステル様のことをお教えしなかったのは、申し訳ないと思っています。ですが、脳波と機体の制御機構を同調させるため、外的刺激のない場所で調整する必要があったのです」

弁明するリィザに、気にするな――と声をかけようとした、そのときだ。

《――要塞《ようさい》都市の、行動可能な全人員に告げる――》

ゾット司令の声が、緊急放送に乗って流れてきた。

行動可能。その言葉に、アルツはふと違和感を抱いた。

《――現在、都市の人員の42%が、詳細不明の攻撃を受け行動不能に陥っている――》

アルツは耳を疑った。まさかあのときの攻撃が、そこまでの影響を及ぼしていたとは。

だが、リィザはこの事態を予想していたらしく、沈痛な面もちを浮かべている。

《――我々は、この攻撃を行った敵性移動体を、対ゼノイド用に進化した新種のXENO

と認定。当該種をヒューマノイド級と呼称。現時刻より、都市の行動可能な全人員に特別任務を発令。ヒューマノイド級の討伐を命じる――》

　そこで放送は終《お》わった。

　都市の戦力が半減。その意味に、ミーネは小さく震えていた。

「対ゼノイド用に進化って……。それじゃあ、この都市は、わたしたちは、いったいどうなるんですか……？」

　彼女を安心させるように、リィザはミーネの肩に手を置いた。

「大丈夫でございます。わたくしたちには、さほどの脅威ではありませんよ。……そう、わたくしたちには」

「リィザ、どういうことだ？　なにかわかるのか？」

「はい。あの新種のＸＥＮＯ――ヒューマノイド級の攻撃は、どうやら感情によって軽減されるようなのです。先程、同じ攻撃を受けたゼノイドの様子を確認してきましたが、わたくしたちよりはるかに重篤でした」

　そこでリィザは言葉を切ると、一同を見回してから続ける。

「これは追い風になります。感情を持つ者の有用性を、ゾット司令も認めるかもしれません。そうすれば……！」

「わたしたち、都市とは戦わずにすむんですね!?」

　ミーネが顔を輝かせた。しかし、リィザの表情は暗い。

「ですが、不安要素もあります。わたくしたちは、最終兵器のゲマルガルドを使用してしまいました。あれの情報は、ゾット司令の耳にも届いているはずです。わたくしたちは危険分子として認識される可能性もあります。そうなったら、やはり戦うしか、道は……！」

そのときだ。リィザの悲壮な声を遮るように、通信が入ったのは。

リィザが手にしたX結晶を作動させると、氷のディスプレイに仮面の男が映し出される。

『それに関しては、私に考えがある。……なに、君の判断を責めるつもりはない。あの状況ならば、私も同じことをしただろう』

なだめるように、クーラは言葉を続ける。

『確かに我々は、都市との戦いも辞さない考えだ。しかし今はまだ、その時ではない。あまりに仲間が少なすぎる。ゼストマーグも万能ではないとわかったとなれば、なおさらだ』

「ゼストマーグが……？　どういうことだ？」

「それは……ナユキ様をご覧になれば、おわかりいただけるはずです」

アルツの問いに答えたのは、クーラではなくリィザだった。

その言葉に、異常が起きたのは機体ではなく、彼女自身なのだと察しがついた。

「くっ……。ナユキ！」

気がつくと、身体《からだ》が勝手に彼女の元へと向かっていた。

ノア機関を出ると、外は時が止まったような光景だった。片や倒れ伏し、片や膝《ひざ》を折って動かない、二体の巨人。その姿には、戦いの余韻がいまだ色濃く残っている。

　膝立ちのゼストマーグに歩み寄ったアルツは、機体足首の装甲の隙間《すきま》へと手を伸ばす。そこからコードを伸ばし、デバイスと接続。目を閉じ、デバイス内の雪を燃やしてイデアを練り上げる。それはコードを通じて機体に流れ込み、ウインチを稼動させた。

　ワイヤーにつかまり上昇していくと、次第に声が聞こえてくる。

「なんで!?　なんで動いてくれないのよ!!　ねぇ、ゼストってば!!」

「ナユキ……」

　アルツがコクピット・ハッチに到着すると同時に、どん、という音が響いた。コクピットの中では、背中を丸めたナユキが操作盤《コンソール》に拳《こぶし》を叩《たた》きつけていた。ただならぬものを感じたアルツは中に入ることができず、ワイヤーに足をかけたまま呼びかける。

「まさか、機体を動かせないのか……？」

「あ、アルツっ!?」

　ナユキは驚いたように顔を背け、ごしごしと顔をこする。心なしか、目の周りが赤くはれている。

「……なに？　なんか用？」

「あぁ。ナユキが気になった。大丈夫か？」

「大丈夫かって？　それこそなによ？　心配されるようなことなんて、なに一つないわ」

「だが、機体を動かせなくなってしまったんだろう？　さっきも――」

「き、聞いてたのっ!?　バカっ！　最低っ！」

ナユキは顔を真っ赤にした。座席から立ち上がり、ハッチを手動で閉めようとする。

それを防ぐように、アルツもハッチに手をかける。

「イデアは心の状態そのものなんだろう？　それに異常が起きたということは、心にも異常が起きたということだ。違うのか？」

「違うわよ！　違うったら違うの！　これはただ、緊急モードでゼストを動かしたから、今は疲れてるだけ！　それにね、あんたが心について語るなんて、百万年は早いわよ！」

アルツの心臓がびくんと跳ねた。ハッチを押さえる手から、すっと力が抜ける。

均衡していたベクトルの崩壊。当然の帰結として、ハッチはものすごい勢いで閉まる。

「えっ――きゃっ⁉」「うぐっ⁉」

ナユキは手を挟んでしまったようだ。驚いて背筋を伸ばすと、その頭がアルツのあごを強打する。両者、痛み分け。二人それぞれ痛む場所をさすり、しばしの沈黙が訪れる。

先に口を開いたのはナユキだった。

「ったく、なんなのよ。いきなり手を離して。危ないじゃないの」

一拍の呼吸の間を置いて、アルツはそれに答える。

「ナユキの言うとおりだ。俺《おれ》は人間の心を、まだまだ理解できていない。……いや、ここ数日の生活で、少しは理解できたと思っていた。だが今日のことで、それが崩れた」

「……そう」

ナユキの返事はそっけなかった。続きを促しているように思え、アルツは言葉を重ねた。

「俺は今まで、人間の心とは暖かいものだと思っていた。だが今日のナユキは、なにかがちがった。感情を持っているはずなのに、冷たい感じがした」

否定してほしかった。

そんなことはない。それはアルツの認識不足で、心は暖かいものだ、と。だが――。

「でしょうね。あのときのあたしは……うぅん、今も留美《るみ》さんのことしか考えていない。他のことなんて、はっきり言ってどうでもいいわ」

肯定されてしまった。ナユキの顔を直視できず、アルツは顔を背ける。

ナユキもまた、アルツを横目で見つめたまま、顔をうつむかせた。

「アルツなら、あたしの気持ち、わかってくれるわよね？　この世界の他の誰《だれ》もわかってくれなくても、あんただけは……」

か細く聞こえた声。その問いかけに、アルツは――。

「……わからない。あの人は、もう死んでいる。死んだ人間に、なぜそこまで」

その瞬間、アルツからは見えなかったが、ナユキの肩が大きく震えた。両手で顔を覆《おお》い、誰にも聞こえないような小声で、「……そっか。あんたもか」と、小さくつぶやく。

再び顔を上げたナユキは、冷たい拒絶の表情を浮かべていた。

「……ふざけないで！　留美さんは生きてる！　アルツだって見たでしょう⁉」

怒声がアルツを射すくめる。

嫌というほど、はっきり伝わってしまった。彼女が自分を突き放したのが。

それはアルツには、自身の思考はおろか、その存在すら否定されたように感じられた。

「いいや、違う！　あれはXENO《ゼノ》だ！　俺《おれ》たちの敵だ!!」

気付くと、アルツも声を荒らげていた。あまりの声量は自分自身でも驚くほどだった。

だが、それよりも驚いたのは、ナユキの変化。

唇はわなわなと震え、目尻を吊《つ》り上《あ》げてアルツをにらんでいる。

「な、ナユキ……？」

戸惑い、声をかけるが、もう遅かった。ナユキは無言のままアルツを突き飛ばし、電光石火の速さでハッチを閉めた。アルツはワイヤーにつかまり、どうにか落下を免れる。

そのわずか一瞬、アルツは見た。彼女の瞳《ひとみ》に浮かんでいたものを。

（水滴……？　いや、ナミダというもの、だったか……？）

以前、アルツが涙を流したときは、どんな感情だったか？　そもそもナユキは、人間はどんなときに涙を流すと語っていた？

思い出そうとする。だが、記憶は再生されない。情報が全《すべ》て霧散してしまったように、脳が思考を放棄していた。

――なんだ。これはなんだ。

理解不能な感情のプロセス。アルツにできたことは、ただ呼びかけることだけだった。

「ナユキ！　ハッチを開けてくれ！」

「うっさい！　疲れたから、ここで寝る！　もう話しかけないで！」

「待ってくれ！　俺の話は、まだ終《お》わっていない！」

アルツはなおも呼びかけたが、反応はない。

本当に寝てしまったのか――そう思ったとき、ミーネが機体の足元にやってきた。

「アルツさーん。お話があるんですけど、降りてきてもらっていいですか？」

「あ、ああ。了解した」

視線はナユキが消えたハッチから外さぬまま、アルツはウインチで地面へと降下した。

「なにか、あったんですか？　なんとなく、いつものアルツさんとちがうような……？」

「……すまない。今の俺の状態は、俺自身も把握できていない」

答えになっていなかった。アルツの困惑が伝わったのか、ミーネは首を傾《かし》げている。

「それよりも、話があるんじゃないのか？」

「あ、はい。そうでした。……えと、今のナユキさん、調子悪くて機体を動かせないんですよね？　だったら、今夜はここに泊まっていきませんかと、リィザさんが」

「助かる。そうさせてもらおう」

「はい。それで、ナユキさんは？」

「……まだコクピットにいる。疲れたから、そこでそのまま寝ると」

「わかりました。それじゃあ、ご飯の時間になったら呼びましょうか」

ミーネはそう言うと、声を潜ませるように聞いてきた。

「アルツさん、どう思いますか？　クーラさんとリィザさんの言っていたこと。いつかはゾット司令と、この都市そのものと、戦わなくちゃいけないかも……って」

「……相手はＸＥＮＯ《ゼノ》ではない、ゼノイドとの戦い、か」

二人は歩みを止めて横に並び、同じように顔を伏せた。

アルツは皮肉にも、親しい人間同士のそれを目撃した。あの最中のことは、思い出したくもない。なのに記憶にこびりついたように、消えてくれなかった。

「俺《おれ》も……ゼノイドとは戦いたくない」

たった二人の戦いでも、あの有様なのだ。これがもしも、要塞《ようさい》都市を巻き込むような、大規模な戦闘に発展したら……。

すると、隣にいたミーネが、はぁーっと大きく安堵《あんど》の息を吐いた。

「よかった……。アルツさんが、わたしと同じ考えで。わたしも戦いなんていやです。相手がわたしたちを許さないなら、逃げたり隠れたりしてもいいと思うんです。ほら、ナユキさんと生活している格納庫。あそこだってありますし」

そして、ミーネはゆっくりと歩き出した。

「わたし、リィザさんとしっかり話をしてみます。本当に戦わなきゃいけないのか、戦わずに済む方法はないのか」

「……ああ。そうだな。それがいい」

「はい！　ありがとうございます！　がんばります！」

これほど前向きなミーネを見るのは、はじめてだった。

アルツは驚いたが、よく考えてみれば、当たり前のことかもしれない。

（そうだ。戦いを回避できるなら、それが一番なんだ。そのために必死になるのは、なにも間違ってはいない）

ミーネは戦いには向いていない。だが、そんな彼女だからこそ、できることがあるはず。

――人間とは。心とは。

不意に道に迷ってしまったアルツは、ミーネの姿に希望を見た気がした。

※　※　※

日が沈み、やがて夜が明けるころ。

ゼストマーグのコクピット・ハッチが開き、手に白い息をかけながら、ナユキが現れた。

「うー、さむ……。この世界って、こんなに寒かったんだ」

機体から降りようとウインチに手をかざすが、微動だにしない。

「簡単な装置も動かせない、か……。はは。あたし、どうしちゃったんだろ」

思わず乾いた笑い声が漏れた。

ナユキは装甲の微妙な凹凸《おうとつ》を頼りに、慎重に機体を降りはじめる。だが途中で手を滑らせ、落下してしまった。積もった雪のおかげで怪我《けが》こそなかったが、身体《からだ》に付着した雪が容赦なく体温を奪っていく。

彼女を温《ぬく》もりで包んでいたイデアの輝きは、失われてしまっていたのだ。

「アルツたちが分厚い防寒服を着るわけだわ……。これ、本気でマズイかも……」

都合よく、どこかに服がないか。そんなことを思いながら立ち上がると——あった。

おそらく、先の戦闘で破壊された建物内に保管されていたのだろう。崩れ落ちた瓦礫《がれき》の中に、ゼノイドたちが着ている防寒服が挟まっていたのだ。

これ幸いと、ナユキは服を拝借。袖《そで》を通すと、ようやく人心地ついた。

「はぁ、暖かい……。でもこれ、すっごく着心地が悪いわね。……ああ、そうか。だからアルツのやつ、あたしの服に興味津々だったんだ。ようやく理由がわかったわ」

ナユキは皮肉げな笑みを浮かべる。少しだけゼノイドを理解できた気がした。

——けれど、そんなのは気休めにもならなかった。

遠く、はるか都市の外へと、ナユキは視線を向ける。

「でも、それはそれ。やっぱりアルツには——ゼノイドには、あたしの気持ちなんかわからないのよ。大切な人を想《おも》う、この気持ちは……」

足元の雪を踏みしめ、ナユキは歩き出した。白く霞《かす》む闇《やみ》の中を。

「あたしの居場所は、留美《るみ》さんの隣しかないんだわ。だから、行かないと……」

ほどなくして、その後ろ姿は降りしきる雪に同化し、消えていった。

第五章

# Chapter: 05

Xestmarg of silver snow

アルツは朝早くに目が覚めた。もとより、熟睡などできていなかった。

すでに身体《からだ》は、暖かく快適な寝床に慣れてしまっている。壁にくぼみを設けて、そこに身を横たえるだけというゼノイドの寝床では、満足する眠りは得られなかったのだ。

しかし一番の原因は——身体ではなく、心。

まぶたを閉じても、ナユキの見せた涙が浮かんで消えてくれなかったのだ。

「結局、ナユキはコクピットから出てこなかったな……」

建物の中を回り、ナユキがいるか確認する。だが、その姿はどこにもなかった。

ならば、まだ機体の中だろうか。

アルツは外に出て、昨日と寸分違わぬ体勢のゼストマーグを見上げ——。

「ハッチが……開いている?」

まさかと思い機体に近づく。雪の上には、なにかが落下した跡が薄く残っていた。そこから足跡がゲマルガルドへと伸び、さらに都市の外へ……。

それらは断片的な情報でしかない。だが、ゼノイドの高速回転する思考に仮説を組み立てさせるには、十分すぎた。

「ナユキは、イデアが使えないまま、都市の外へ……!?」

足跡を追う。しかしそれは、アルツの目の前で途切れた。前後に巨大な板を取り付けたゼノ・トランサーが、降り積もったばかりの新雪を押し固めながら横切っていったのだ。

「くっ、圧雪機が！」

要塞《ようさい》都市では機体発進時の滑走効率を高めるために、定期的に道路の圧雪が行われる。これは機体を支給されたばかりの人員が、操縦訓練を兼ねて行う役目である。ナユキの足跡を消していったのも、そんな新任訓練生の操る機体だった。

それに文句を言ってもしかたがない。過ぎ去っていく機体の後ろ姿を、アルツは呆然《ぼうぜん》と見送った。

「痕跡《こんせき》が消えた。これでは……。いや、考えろ！　考えるんだ！　ナユキはなにを思って、どこに行こうとしたのかを！」

だが、またしてもあのビジョンが——ナユキの涙が、脳裏に浮かぶ。

そして思考はそこで停止し、前にも後ろにも、まったく進まなくなる。

「……ダメだ。俺《おれ》には……わからない」

あれだけ近くでナユキのことを見てきた。なのに結局、自分はなに一つ理解できていないのだ。

足が重かった。途方もない無力感を抱え、アルツは引き返した。

ノア機関に戻ると、ちょうどリィザが起きてきたところだった。

そして、それを取り囲む数人の男たちの姿が。その中の一人の顔を見て、アルツは驚愕《きょうがく》とともに彼の名を呼ぶ。

「ゾット、司令……!?　どうしてここに!?」

まさか、自分たちを処分するために……!?

彼の背後に控えていた数人の機士が動き出したのを見て、アルツはデバイスを起動しようと身構える。だが、彼らはアルツたちには見向きもせず、部屋の奥へと駆け込んでいく。

「ゲマルガルドと呼ばれる新型機、及び、リステル初等訓練生の回収だ」

ゾットの返答は意外なものだった。

アルツがその意味を理解しようとしている間に、彼はさらに言葉を重ねる。

「これはクーラ上級機士長からの申し入れだ。感情に目覚め、ゼノ・トランサーを操縦できなくなった人員。それを戦力として再利用する実験に成功した、との報告を受けている」

「実験!?　それは、結果がどうなるかわからないから、試験を行ったということか!?　クーラがリステルを使って、そんなことを……!?」

彼はリステルを助けてくれたと思っていた。だがそうではなく、あくまで実験台として必要だったというのか。

「その質問には答えられない。私はクーラではない。私が重要視しているのは、感情を有していても戦力となるか否か。その一点だ」

どこまでも冷徹で成果のみを求める、ゾット司令らしい口振りだった。

「戦力となるのであれば、選別試験という制度も再考する必要がある。ノア機関の存続も容認しよう。それはおまえたちが望むところではないのか？」

「確かに、そうだが……」

アルツは口ごもる。もしもそれが実現されれば、クーラたちノア機関の目標である感情を持つ『人間』の復権へと近づく。しかも戦いという手段を用いることなく。

だが、その代わり――。

「彼女は、リステルはどうなる？　回収された、そのあとは……!?」

「施設で厳重に隔離され、様々な研究が行われる予定だ」

耳朶《じだ》を凍らせるようなゾットの言葉が届くと同時に、リステルの柔らかな声も、頭の中で再生される。

――兄さん。会いたかったよ。

そして、地下に向かっていった機士たちが、リステルを引きずるようにして戻ってきた。

意識を失ったまま。ポッド内の培養液を裸体から滴らせる、無防備な姿。

それを見た瞬間、アルツの中でなにかが弾《はじ》けた。

「リステルは、俺《おれ》に会うことが喜びだと言ってくれた！　連れていかせるものか！」

デバイスを起動させ、機士へと突撃する。その視界に、なにかが――。

「ぐっ!?」

景色が反転。気付くと、アルツはうつぶせの格好で床に倒れていた。その頭上から声が降ってくる。

「感情とは、厄介なものだな。正常な判断を鈍らせ、攻撃を単調にする」

ゾットだった。アルツは今、彼によって組み伏せられていた。関節が悲鳴を上げるこの状況では、イデアで強化した腕力も発揮のしようがない。

アルツの抵抗もむなしく、リステルは機士たちによって連行された。やがてゾットもアルツを解放すると、一瞥《いちべつ》もせずに背を向ける。

「果たして、機体を動かせたとしても、戦力となるか……。ヒューマノイド級への対策になるかと期待したが、やはり研究が必要だな」

「お待ちください……！」

リィザが、ノア機関を去ろうとするゾットの背中を呼び止めた。

「リステル様を必要としているのは、ヒューマノイド級への対策のためですか？　では、ゼストマーグがヒューマノイド級を討伐した際には、リステル様を解放してはいただけないでしょうか？」

「それはできない。彼女とあの機体は、都市の統治システムをおびやかす危険性も秘めている。私の管轄下に置く必要がある」

振り向きもせずに答えたゾットは、そこでようやく、横顔をアルツたちに向けた。

「……だが、ヒューマノイド級が討伐されれば、研究を急ぐ必要はない。彼女の処遇については、再考しよう」

そう言い残して、ゾットは今度こそノア機関をあとにした。

アルツが痛む腕を抱えて起き上がると、心配したリィザが駆け寄ってきた。そして同時に、通信が入る。

『どうやら、ゾット司令が訪れた後のようだな』

「クーラ……！」

氷のディスプレイに映る仮面を、アルツは鋭くにらみつけた。

『リステル君のことは、私も残念だ。しかし、よく考えてみたまえ。彼女一人の犠牲で、ノア機関の全員――さらには、これから生まれるかもしれない、感情を持つゼノイドたちが助かったのだ』

「犠牲、だと⁉　これが、こんなことが、おまえが言っていた『考え』なのか⁉」

アルツは後悔していた。ほんの一瞬でも、彼を味方として信頼したことを。

『ならば、彼女一人のために、ノア機関が滅んでもいいと言うのか？』

「それは……！」

『答えられないだろう。これは世界の真理だからだ。事を成すためには、相応の犠牲や代償が必要となる。旧人類《プロト・カインド》の食事を知っているだろう？　ただ生き続けるために、他の生命を口にするように。他の犠牲なしには存在すら許されないのが、生物の本来の姿なのだよ』

「ふざけるな！」

クーラの言葉に、アルツは今度こそ怒りを爆発させた。

「おまえはなにもわかっていない！　食べるということの意味は――命をいただくというのは、ただの犠牲なんかじゃない！　ナユキはそれを、俺《おれ》に教えてくれた！」

するとクーラは声音を一転させ、『そう、ナユキだ』と、神妙な声を返す。

『彼女が――ゼストマーグが健在であれば、私もこのような手段はとらなかった』

「……どういうことだ？」

『現在の都市は、ヒューマノイド級への対抗手段を持ち合わせていない。あれと戦うには、脳神経への介入を感情の力で遮断することが必要不可欠だ。そこで感情を持つ者の代表であるナユキが活躍すれば、司令もその有用性を認めざるをえない――そう考え、ゼストマーグにヒューマノイド級の討伐を依頼しようと思っていたのだ。だが……』

クーラは言い淀《よど》み、重々しい沈黙の空気を発した。そこに、今まで事態を見守っていたリィザが、その口を開く。

「アルツ様。ナユキ様はまだ、機体を動かせないのですか？　ゾット司令も言っていたように、ゼストマーグがヒューマノイド級を討伐すれば、きっとこの状況は好転します」

「それなんだが――」

ナユキが消えたことを伝えると、クーラからの返答にはわずかな間が置かれた。

『……都市の戦力が半減した今、通常の防衛任務に加え、ヒューマノイド級の討伐で手一杯だ。捜索に割ける人員的余裕はない。アルツ君、彼女の行方《ゆくえ》を追えないか？』

「俺《おれ》、は……」

しかし、アルツは答えることができなかった。

自分でもわけがわからない。ナユキの危機だと理解しているはずなのに、身体《からだ》も心も、まったく動こうとしてくれない。

煮えきらないアルツの様子に、クーラは小さく息を吐いた。

『……わかった。彼女の捜索はこちらで善処しよう。では、失礼する』

通信は慌ただしく切れた。そして、アルツの口から状況を知ったリィザが導いた答えは。

「ナユキ様のことですが……もしや、ヒューマノイド級を探しに向かわれたのではないでしょうか。あれがXENO《ゼノ》ではなく、留美《るみ》というお方だと信じて」

「あ……」

瞬間、アルツは理解した。

「俺の、せいだ……。これは、俺の犯した過ちの結果だ……」

「アルツ様？　過ちとは、いったい？」

「……昨日のことだ。ナユキは、あれが留美だと言って譲らなかった。それで俺は、否定してしまったんだ。あれは留美じゃない。XENOだと」

だからナユキは、自分はまちがっていないと証明するために。

そう考えれば、全《すべ》て納得がいった。

するとリィザは驚いたように目を見開き、やがて悲しげに瞳《ひとみ》を伏せた。

「おそらくナユキ様の心は、傷ついてしまわれたのですね……。それでこんな、危険なことを……」

「傷つく？　実体がないのに、心は傷つくものなのか？」

「どうやら、そのようですね。そういう状態が起こる、ということは存じておりました。しかし、知識と経験とでは、やはりちがうのですね。それがこんなにもつらいことだったとは……」

「もしかして、ミーネとなにかあったのか？」

なんだか、いやな予感がした。

昨日、ミーネはリィザと話をしてみると言っていた。まさか……。

アルツの問いに、リィザは少し間を置き、思考を整理するように話しはじめる。

「意見の相違でした。わたくしは、身を守るためならば戦いも止《や》むを得《え》ないと思っておりましたが、彼女はどうしても戦いたくないと……。結局、お互いに理解し合えることはできませんでした。ミーネは今も、イデアで作った殻の中に閉じこもっております」

その場面は、不思議とすぐに想像できた。

昨日のアルツとナユキのように、感情が言葉となって発せられ、そして――。

リィザは、そこに傷を負って痛むように、胸に手を押し当てた。

「わたくしたちは、どうしてすれ違ってしまうのでしょう？　これがもし、感情が、心があるせいなのだとしたら……わたくしは今日ほど、心を捨て去りたいと思ったことはありません」

みな、傷つき、悲しみを抱えていた。

なぜだ？　なぜ、こんなことになってしまった？

「リィザ、俺《おれ》は……」

――それでも話を続ければ、いつかは理解し合えると思いたい。

そう口にしたかったが、言葉になることはなかった。

もしも、この言葉がリィザを傷つけてしまったら？

怖かった。これ以上、不用意な言葉でお互いを傷つけ合うのが。

アルツは言いかけた言葉を飲み下し、リィザに背を向けてノア機関を飛び出した。

逃げ出したのだ。周囲の人間から。なにより、自分の本当の気持ちから。

そうしてたどり着いた先は――ゼストマーグのコクピット。ハッチを閉め、前部座席にそっと腰を下ろすと、世界にはアルツ一人しかいなくなった。

「……誰《だれ》とも話したくない、か。あのときのナユキの気持ちが、今ならわかる気がする」

だがそれは、おそらく勘違い。理解した気がするだけなのだ。

世界はどこまでも孤独であり、心と心は互いに傷つけ合うことしかできない。

アルツはふと、天井を――その向こうにある、ゼストマーグの頭部を見上げた。

「人の心を力に変え、世界を救う兵器、ゼストマーグ。おまえなら答えを知っているのか？　俺は……いや、俺たちは、どうすればいいのかを」

それは、ただのつぶやきにすぎない。返事を求めての問いかけではなかった。

だが――。

からん、と、シートの下で乾いた音がした。

「ん？　なんの音だ？」

床にはいつくばるようにして調べると、六角形の板――X結晶が見つかった。その表面には『アルツへ』という文字が刻まれている。

「なぜ、俺《おれ》の名前が？　ナユキが残したもの……じゃないな。彼女はX結晶を扱えない。ならば、これは……？」

手に取って眺めていると、X結晶が自動的に起動した。空気中の水分子が一瞬で凝固し、X結晶の直上に氷のディスプレイを形成。文字が浮かび上がる。

《――登録されている生体情報と一致。使用者をアルツ・ジオフロストと確認。プロテクト解除。記録映像を再生――》

まるでアルツを待っていたかのような文面だった。

そして映し出されたのは、にこにこと笑う女性。

『やっほー！　これが再生されたってことは、アルツと那雪《なゆき》が出会えたってことだねっ！　うんうん。よかったよかった！』

見覚えのある顔だが、はっきりと思い出せない。明るく響くその声もだ。

面識はないはずなのに、不思議と昔から知っているような――そんな不思議な女性は、自らの言葉で正体を告げてきた。

『わたしは箕輪留美《みのわるみ》。リヒトがつけてくれた、リュミエールなんて名前もあるけどね』

「これは、ナユキの探していた……!?」

ホワイト・ホライゾンから出現した《なにか》とは、あまりに印象が違いすぎていて、最初はわからなかった。だがよく見れば、確かに同一人物だ。

（この人が……これほど感情豊かに見える人間が、あんなＸＥＮＯ《ゼノ》に……）

不意に浮かんでしまった連想に、アルツの心はざわめいた。

もしも、ナユキが同様にＸＥＮＯになってしまったら？

きっと正常な思考なんてできなくなるだろう。それこそ、その事実を認めたくなくて、ナユキはＸＥＮＯになんてなっていないと――。

（ああ、そうか。きっとナユキも、こんな気持ちだったんだな）

ようやく彼女の心情を理解できた気がした。

……だが、それも一瞬。それは本当に正解なのか、ましてや、それで彼女に謝罪したとして、さらに傷つけてしまわないという保証はあるのか。

思考はぐるぐると回り続け、一歩も先へ進まない。

そんな物思いにふけるアルツの耳には、留美《るみ》の言葉も右から左だったが、不意に『ある単語』が引っかかった。

「……待て。今、なんと言った？」

アルツは映像の再生を停止し、巻き戻す。留美は衝撃的な事実を口にしていた。

『うーん。さすがにわたしのこと、忘れちゃってるかな？　わたしはね、あなたの本当のお母さんだよ』

「本当の母親……!?　どういうことだ!?」

すぐには信じられなかった。

しかし、映像の留美の声に重なるように、脳内でも声が再生される。

それは、いつか見た夢の続き。

《やっと会えた。あなたが、わたしの……赤ちゃん……》

留美の声に聞き覚えがあるはずだ。それは、夢の中で聞いた声と同じだったのだから。

どれだけ思考が否定しても、記憶の底の感情が叫ぶ。

「そうだ……。俺《おれ》は、昔から知っていた。あの人を、留美という人を」

だが、どうして今まで忘れていたのだろう。

『ちょっち理由があって、赤ん坊のあなたを………』

そこで映像と音は一時停止し、時が飛んだかのように次のシーンが再生される。

アルツは何度も再生を試みるが、肝心のその箇所だけは見ることができなかった。

「X結晶の誤作動？　……まさか、表面に刻まれた文字のせいか？」

だとしたら、復旧は絶望的だ。しかたなく、アルツは続きを再生する。

『ほらほら。リヒトもこっち来て、顔を見せてあげなよ』

映像の中の留美が横を向き、誰《だれ》かを呼んだ。どうやら相手は拒否したようで、留美が手を引っ張り、無理矢理《むりやり》に連れてきた。

緑色の髪の男性。これは鏡かと錯覚するほど、アルツによく似ていた。

「遺伝子的な特徴が酷似している、ということか？　では、父親も……」

今まで両親と思っていた人物は、まったくの他人だったのだ。

アルッの心に、複数の様々な感情が同時にわいた。ややもすると混然となり、まともな思考にならない危険があったが、幸いにもそうはならなかった。

もっとも強かったのは、ようやく自分の根源《ルーツ》が見つかったという、安堵《あんど》だったからだ。

「俺《おれ》は、人間とゼノイドの……。そうか、だから感情が……」

感慨深くつぶやいたアルッは、食い入るように映像を見つめた。

『……リュミエール。俺は、なにを話せばいい？』

『なんでもいいじゃん。リヒトが思ったこと、そのまま話してあげなよ』

リヒトと呼ばれた男性はたっぷり十秒ほど熟考して――無言で立ち去った。

その行動に、留美《るみ》は口をとがらせ抗議する。

『うっわ。信じらんない。自分の子供にかける言葉もないの？』

『それは事実と異なる。思考を整理する時間が必要と判断しただけだ』

『はいはい。几帳面《きちょうめん》というか、生真面目《きまじめ》というか……。だいぶ人間らしくなってきたけど、そういうとこは変わんないのよねー』

留美は肩をすくめると、こちらに向き直る。

『それで、だよ。どうしてこんなもの残したかって言うと――まぁぶっちゃけ、わたしはもうすぐ死んじゃうと思うんだ。自分で言ってて実感ないけど。やっぱ戦いで無茶《むちゃ》しすぎたみたい。いやー、命を燃やすとかカッコいい言葉だけど、実際にやるもんじゃないね』

留美が戦いの末に心を壊したとは聞いていたが、それだけではなかった。その命すらもすり減らしていたのだ。

だが留美は、そんな壮絶な生き様など感じさせない雰囲気で、てへっと舌を出した。

『だからこれは、遺言というか、自己満足というか。たぶんアルツには、大変な思いをさせたと思うんだ。それについても謝りたかったし。……ごめんね。そばにいてやれなくて』

留美は笑い顔のままだった。

だがアルツには、それがすごく悲しそうに見えた。

『でもわたしは、あなたのおかげで幸せだった。いっしょに過ごせたのはたった一年しかなかったけど、楽しかった。命がつながるってのは、すばらしいよね。わたしが死んでも、あなたがいる。そうして未来が続いていく。命こそが希望なんだなって思うよ』

「命がつながり、希望になる……」

なぜだろう。その言葉は、とても胸に響いた。

『……さて。湿っぽい話は、おわりおわり。こっからは忠告というか、人生の先輩としてのアドバイス！　あんまり親らしいことできなかったからね。せめて最後に言いたいの』

こほんと咳払《せきばら》いをして、留美は腕を組んだ。そして。

『アルツ――まちがえろ!!』

大声を張り上げて、とんでもないことを口にした。アルツは目が点になった。

『なにが正しいとか悪いとか、そんなの小さい小さい。若いんだから、考える前に行動してみなさいな。やりたいこと、やってみたいことは、どんどんやればいい。それで本当にまちがってたら、大いに反省すればいいじゃん。次に同じことしなきゃ、結果オーライってね！　成功よりも失敗のほうが、学ぶもん多いんだから！』

「いや、そうは言うが……」

アルツはつい受け答えしてしまった。すると留美《るみ》は、ばっと突きだした手を広げる。

『あー、わかる。わかるよ？　そんなことできないって言うんでしょ？　……でもね、あなたの隣には誰《だれ》がいる？　那雪《なゆき》がいるでしょ？』

アルツの反応は予測できても、この状況までは予測できなかったようだ。

ちくりと痛む胸で、アルツは「残念。はずれだ」とつぶやく。もちろん留美には伝わるはずもなく、彼女はそのままの勢いで言葉を続ける。

『あいつは面倒見いいからね。口ではなんだかんだ言いながら、親身になってくれてるんじゃない？　だからアルツがまちがって、ホントにまずいことになったとしても、きっと助けてくれる。ほーら安心。仲間がいれば、だいじょうぶ！　なんとかなるなるっ！』

留美は人差し指と中指だけを立て、にかっと白い歯を見せて笑う。

そこで映像は終《お》わった――と、思った次の瞬間、新たな映像が続けて再生された。

『アルツ。ナユキとは、ケンカという名称の闘争は、おこなったか？』

リヒトだった。ゼノイドらしく表情には乏しかったが、言葉一つ一つをゆっくり、しっかりと発している様子からは、なにかを伝えようという意志が見て取れた。

『本当に、心とは厄介なものだな。わずかな思考や目的の差異が、途轍《とてつ》もない規模に増幅されてしまう』

「……ああ。そのとおりだ。俺《おれ》とナユキはすれちがい、傷つけ合ってしまった」

『だが、それでいいんだ』

まさかの肯定だった。アルツは目を見開き、映像の父を凝視した。

『俺とリュミエールは、もう何度おこなったか、計測することも困難だ。せっかく生まれた心を捨て去りたいと、そう思ったことさえあったな』

リヒトは少しだけ表情を変えた。笑顔だった。昔を懐かしんでいるのかもしれない。

『だが、今では理解できるようになった。自分と他人には、差異があって当然なのだから。そこには欠点や弱点……さらには、自分の判断基準からすれば、明らかに間違いな思考も含まれる。問題は、相手のそれをどこまで許容できるかだ。夏世界ではそれを、器の大小と表現するらしい』

「許容……。認める、ということか」

父の言葉を反芻《はんすう》するようにつぶやき、その意味をかみ締める。

するとリヒトは、『いいか、アルツ。よく聞け』と、前置きして言葉を続けた。

『イデアの力を信じるんだ。心の熱が溶かすのは、雪だけではない。ゼノイドの心すら溶かす。俺はリュミエールの心に触れ、感情が芽生えた』

「なんだと⁉　イデアが、ゼノイドの心を……⁉」

『ゼストマーグ、そしてナユキが目覚めれば、この世界は変わる。そのイデアは、多くのゼノイドに感情をもたらすはずだ。そのときにアルツ、おまえが必要になる。おまえは旧人類《プロト・カインド》とゼノイド、両方の血を受け継いだ。ならば、そのどちらをも理解し、受け入れることが可能な、巨大な器を持てるはずだ』

リヒトは無表情のまま、人差し指と中指を立てた。留美《るみ》が最後にしたのと同じサインだ。

『それが俺《おれ》の——いや、俺とリュミエールがこの冬世界に託した、大いなる希望だ。頼む。冬世界を、そして、ゼノイドたちを救ってくれ』

今度こそ本当に、映像が終《お》わった。

「……ふぅ。とんでもない情報が一度に提示されすぎて、今は整理するだけで精一杯だ。しかし、これだけは理解できた」

アルツは振り向き、無人の後部座席を見つめる。

迷いのない、意志の光がきらめく瞳《ひとみ》で。

「俺は……！　俺の、やるべきことが！」

※　※　※

アルツはノア機関に戻り、ミーネの元へ向かう。彼女の部屋に入ると、それはあった。

赤い殻。ミーネがイデアで作った防壁に歩み寄り、声をかける。

「ミーネとリィザが、意見の相違を起こしたことは聞いた。だが、そこから出てきてくれないか。ゼストマーグを動かして、ナユキを探しに行くために」

　すると、殻の向こうから声だけが返ってきた。

「……できません。戦いのための道具なんて、使いたくありません。わたしは戦いたくなんてないのに……それをどんなに話しても、リィザさんはわかってくれなくて……」

　戦うこと、傷つけ合うことへの抵抗、拒絶の意志。——そして、悲しみ。

「わたし、いやです、苦しいです。リィザさんも、戦えないわたしなんかいらないんです。やっぱりわたしは、生きていても意味なんか……！」

「ミーネの戦いを嫌う姿勢は、とてもすばらしいと思う」

　彼女の全《すべ》てを、アルツは否定せず、受け入れた。

「えっ……？　で、でもアルツさんは、あの機体を動かせって……？」

「力は、誰《だれ》かを傷つけるだけじゃない。……ナユキの身に、危険が迫っている。俺は、彼女を助けたい。その気持ちは、ミーネも同じじゃないのか？」

「えっ、ナユキさんが……？　わ、わたしは……」

　防壁が、すっと薄くなる。うっすらと見えたミーネは後ろ姿で座り込み、顔だけを振り向かせていた。

　——想《おも》いを口にしたら、ミーネまで傷つけるかもしれない。

　わずかに顔をのぞかせた躊躇《ちゅうちょ》を意志の力で振り払い、アルツは言葉を紡ぐ。

「俺も昨日、ナユキと意見の相違を起こした。夏世界ではそれを、ケンカと呼ぶらしい」

「ケンカ……。でもそれなら、アルツさんだって、ナユキさんと会いたくないんじゃ……？」

「ああ。確かにそう思っていた。だが、逃げてばかりいても、なにも解決しないと気付いたんだ。特に、自分の心からは」

「心……」

ミーネはこちらに身体《からだ》を振り向かせ、そっと胸に手を当てた。

アルツも胸に手を置き、「そうだ、心だ」と答える。

「俺《おれ》は、自分の心から逃げていた。誰《だれ》かを傷つけるのが怖くて、自分が傷つくのが怖くて。だが、それでは他人とは――ナユキとは、いつまでたっても絶対に理解し合えない。どんなに傷つけ、傷つけられても、この心をありのままぶつけるしか、方法はないんだ」

アルツはその言葉を実践するように、ミーネへと歩み寄って身をかがめた。

そして、すでにあちこちが綻《ほころ》んでいる防壁の隙間《すきま》から腕を伸ばし、彼女の手を握る。

突然のことにミーネはびくりと身を震わせたが、アルツはそのまま言葉を重ねる。

「もしかしたら、また間違えてしまうかもしれない。それでも俺は、俺の心から逃げるくらいなら、間違いを犯したい」

「でも、アルツさんは怖くないんですか？　傷つけ、傷つけられるかもしれないのに……」

「恐怖なんて弱さは、強い意志でかき消せばいい。……ナユキが教えてくれた言葉だ。俺はそれを、敵と戦うときだけの言葉と思っていた。だが、違った。自分自身との戦いでも、恐怖に支配されることはあるんだ。俺はそれを、乗り越えたい」

「…………」

ミーネは、じっと聞き入っていた。あれだけ厚かった防壁がゆっくりと消えていく。

「だから頼む。そのために、ミーネの力を貸してくれ。俺の力では、ゼストマーグは動かせない。だが、ミーネとならばできると、俺は信じている」

「アルツさん……」

ミーネは、繋《つな》がれた手を見つめながら立ち上がった。

「不思議です。機体を動かすなんて、すごく怖いはずなのに……。今のアルツさんを見ていると、なぜか胸がドキドキして、あなたの力になりたいという気持ちがあふれてきます」

「ミーネ！　それでは！」

「は、はい。できるかどうかわかりませんけど、やってみます」

「感謝する。よし、ならば早速――」

「ひゃうっ⁉」

気が逸《はや》りすぎた。手を繋いだまま、ミーネを引きずるように駆け出してしまった。

「すまない。手を離すのを忘れていた」

「あっ。い、いえ。このままでいてください」

「動きにくいと思うが……いいのか？」

そう問いかけると、ミーネはアルツの手を両手で包み込み、柔らかく目を細めた。

「……はい。こうしていると、なんだかとても心が暖かいんです」

「そうか。よくわからないが、ミーネが問題ないのならこのまま行こう」

二人は並んで歩き、ノア機関の廊下を進む。その先に、リィザの姿が見えて——。

「ダ、ダメですっ……！」

ミーネは慌てた様子でアルツの身体《からだ》を物陰に押し込んだ。

「今はまだ、リィザさんとは、どんな顔して会えばいいか……」

吐息のようなささやき。ミーネはわずかにうるんだ瞳《ひとみ》で、アルツを見つめる。

「でも……。アルツさんといっしょに、ナユキさんを助けられたら……そのときは……。

自分にも生きてる意味があるんだって思えたら、もしかしたら」

「ああ。リィザに、ミーネの心を伝えよう」

「……はいっ！」

ミーネは目を細めた。その端には、涙という水滴が浮かんでいた。

※　※　※

ナユキは一人、雪原を進んでいた。

あてなんかない。ただ、留美《るみ》の影を追い求め、白い世界をさまよっていた。

降りしきる雪が容赦なく体温を奪い、手足の感覚はとっくに麻痺《まひ》している。もはや防寒服も気休めにしかなっていないのではないだろうか。

「はぁ……はぁ……」

どれだけ歩き続けただろう。身体は限界を超え、筋肉は悲鳴を上げ続けている。意識は半ば朦朧《もうろう》としているが、それでも前進だけは止めない。新雪に足をとられ、膝《ひざ》を折っても、気力を振り絞り立ち上がる。それを何度、繰り返しただろう。

「あうっ……」

ついに動きが止まった。四肢を雪の中に埋もれさせるように、地にはいつくばる。

そんな彼女を押し潰《つぶ》すように、巨大な影が現れた。

「XENO《ゼノ》……！」

ナユキは顔を上げ、憎しみもあらわにつぶやく。

トリケラ級だった。ナユキの身長ほどもある顔面が、こちらを不気味に見下ろしている。

「ったく……。ここまで接近に気付かないとか……気が緩みすぎよ……」

自身に活を入れながら立ち上がると、腰のホルスターから拳銃《けんじゅう》を引き抜き、トリケラ級に向けて構える。

「……だから、どうして」

その銃口から光弾が放たれることはない。わかりきっていたことだ。イデアを燃やすことができていれば、こんな雪の中で凍えたりするはずがないのだから。

ナユキが戸惑っていたのは、もっと別のこと。

トリケラ級の額に光る、中枢結晶。それと留美の顔が――彼女の額にあったX結晶が、重なるように見えて消えないのだ。

「どうして留美《るみ》さんの顔が浮かぶの⁉　こんな幻、はやく消えてよ‼」

かたかたと震える銃口が――やがて、すっと下げられる。

「……無理、だよ。あたし、留美さんとは……戦えないよ……」

無意識のうちに口を突いて出た言葉。その内容に自分自身で驚き、口元を手で隠す。

「えっ？　あれ？　あたし、なんて……」

今、ようやく見えた。自分自身の、本当の心が。

ゆっくり手が離れていくと、そこには嘲笑が張り付いていた。

「……ははっ。バカみたい。アルツの言うとおりだったわ。これじゃあ、あいつに合わせる顔がないわね」

最初から気付いていた。けれど、認めたくないだけだった。あの人は、もう……。

棒立ちのナユキに、大きく開かれたトリケラ級の顎《あぎと》が迫る。

「でも、そんなことを心配する必要も、ないか……」

ナユキは死を覚悟し、静かに目を閉じた。気力の尽きた身体《からだ》がゆっくりと傾いていく。

――その刹那。

「ゼスト……マーグ……？」

ありえない光景だった。降りしきる雪のカーテンを切り裂くように、雄々しく力強いシルエットが近づいてくる。

――ああ、これが走馬灯というものかと、ナユキは理解した。

「幻でも、いいや……。最期に、あたしたちの希望を……見ることができたんだから……」

微笑《ほほえ》みを浮かべながら、ナユキの身体は音もなく雪の上に倒れこんでいった。

※　※　※

ミーネの特性というべきか、ゼストマーグのセンサー感度は大幅に向上していた。驚くほど遠方から、ナユキを探し出すことができたのだ。しかし――。

「ナユキさんの生体反応、急激に低下！　センサーから消失《ロスト》しました！」

「くっ……！　間に合ってくれ！」

折り悪く、この一帯は降雪が激しい。ナユキが倒れ、その身体に雪が積もり始めてしまえば、目視での発見は絶望的となる。

「アルツさん。もうすぐ、ナユキさんの反応が消えたエリアですけど、あれは……」

「トリケラ級か！　だが、XENO《ゼノ》がいるということは、熱源――ナユキも、やはり付近にいるはずだ！」

ゼストマーグのコクピットに緊張が走った。アルツはちらりと、モニターの端を見る。

（機体の起動には成功したが、ミーネのイデアでは武器の使用は不可能……。どうする？）

兵装表示欄は全項赤色《オール・レッド》。だが、考えていても解決はしない。今できることをするだけだ。

アルツは覚悟を決め、さらにペダルを踏み込んだ。

「このまま機体をぶつける！　衝撃に気をつけろ！」

「えっ!?　は、はい！　わかりました！」

ゼストマーグは猛然と滑走速度を上げ——激突。トリケラ級が宙に浮き、放物線を描いて飛んでいく。だが、コクピットを襲う衝撃は、予想よりもはるかに軽微だった。

「イデア・シュラウドの防壁!?　なるほど、これがミーネの力か……!!」

それは鉄壁の守り。機体を覆《おお》うように、半球状の防壁が展開されていた。

「わたしの、力……ですか？」

「ああ。ナユキ以上の防壁を生み出すこと——それが、誰《だれ》にも負けないミーネの力だ！」

「そう、なんですね……。わたし、無意味な存在じゃないんだ……」

感激に打ち震えながら、ミーネは赤くきらめく光の壁を見つめた。

身体《からだ》を起こしたトリケラ級が突進してくるが、その防壁は自らの存在意義を誇示するかのように、まったく揺るぎはしない。

「もちろんだ！　自分の力を、自分のイデアを信じろ！」

「わ、わかりました！　わたし、やってみます！　ナユキさんを助けてみせます！」

ゼストマーグは板を収納し、ゆっくりと付近の捜索を開始する。

けれども状況は、そんな猶予を与えてはくれなかった。

鳴り響く警告音《アラート》。モニターに映ったのは——迫り来る吹雪《ふぶき》だった。ゼストマーグをかすめるように飛来したそれは、トリケラ級をたやすく飲み込み、空へと舞い上がる。

「な、なんだ!?　トリケラ級が……消滅していく!?」

トリケラ級を襲う、吹雪による浸食。それはまるで、局所的なホワイト・ホライゾン。

まさか——と、アルツが息を呑《の》んだ瞬間。吹雪が弾《はじ》けて、人の姿が現れた。

（ヒューマノイド級……。いや、留美《るみ》という女性……。俺《おれ》の、本当の母親……）

避けられぬ戦いに、胸が痛んだ。今のアルツは、彼女の本当の「顔」を知っているのだ。

だが——同時に、《それ》の行ったことの意味を理解し、アルツは目を見開いた。

「まさか……XENO《ゼノ》を吸収したというのか！　自分が回復するために!?」

都市に現れた彼女は、エネルギーを使い切ったかのように去っていった。ならば、補給を行うことは不自然ではない。当たり前とも言える。だが——。

「俺が知っているあなたは、そういうことをする人間じゃないはずだ!!」

アルツは震える声で叫んだ。対する留美は、冷たい無表情のまま口を開く。

【はじめに、わたし在り——】

前回と同じ精神攻撃。アルツは耳障りな音に顔をしかめながら、負けじと声を発する。

「ミーネ！　イデアの出力を上げるんだ！　そうすれば、あの声に打ち勝てる！」

「は、はいっ！　わたしの防壁なら、きっと……！」

ミーネが最大出力で防壁を展開する。その効力は絶大で、不可視の攻撃すら完全に遮断できた。これがイデアの、人の心の力だった。

【…………】

するると、ヒューマノイド級は、吹雪《ふぶき》での攻撃に切り替えてきた。そのすさまじい威力たるや、今にも防壁ごとゼストマーグが吹き飛ばされそうなほどだった。

「くっ……！　大丈夫か、ミーネ！」

「あ、アルツ、さん……。ごめんなさい。わたし、耐えることだけで精一杯で……」

無理もない。出力を防壁に回しながらの機体操作は、今のミーネには難度が高すぎる。

悲痛なミーネの言葉を受け、アルツの額に冷や汗が浮かぶ。

（このままでは、ナユキを見つけるどころか、ミーネの力が尽きてしまう……！）

敗北へのカウントダウンは、すでに始まっていた。

だが、そのとき。高速で飛来する物体が、ゼストマーグの機体をかすめた。

「あれは、剣……？　――まさか！」

そのまま敵の胴体を上下に分かつかに見えた巨大な長剣は、しかし、一瞬で出現した氷の板によって防がれた。

弾《はじ》かれ、雪面に突き刺さるそれを回収するのは、滑走する機体の青い腕。

「アルツさん！　急速で接近する機体があります！　これは……ゲマルガルド!?」

そう。リステルの機体だった。それは瞬く間に接近し、ゼストマーグの隣に並んだ。

「兄さん！　あいつは僕に任せて！」

「リステル!?　どうしてここに!?　ゾット司令に連れて行かれたはずでは……!?」

「うん。目が覚めたら、よくわからないところにいたよ。兄さんに会いたいって言っても聞いてくれなかったから、そこにいた全員を蹴散《けち》らしてきた」

とんでもないことを、さらりと言ってのけた。しかし間違いなく、心強い援軍だった。

ゲマルガルドは、構えた剣の切っ先をヒューマノイド級に向ける。

「また会ったね。このあいだは倒せなかったけれど、今度こそ倒す」

状況が変わり、様子を見ているのか。ヒューマノイド級は吹雪による攻撃を中止した。

【――はじめに、わたし在り。いまでも、わたし居る。あなたにも、わたし成り】

再度の精神攻撃。だが、それはもう通じない。ゼストマーグは、ゲマルガルドごと守るように防壁を展開させた。

「防御は任せろ！　この隙《すき》に、リステルは攻撃を！」

「うん！　わかったよ、兄さん！」

だが、そのとき。敵は吹雪を起こして、その中に姿をくらました。

もしや撤退か、とアルツがいぶかしんだその瞬間――突如としてゼストマーグの足元の雪が隆起し、ヒューマノイド級が飛び出してきた。そこは全面に展開された防壁の、唯一の死角。敵は降り積もった雪の中を移動し、距離を詰めてきたのだ。

【どこでも、そこにも、なんにでも……ミエナ、ミエナ、ミエナ……】

瞬く間にゲマルガルドに肉薄した敵は、まるで溶けるように、青い機体と同化していく。

「や、やめて!!　それは兄さんからもらった、僕の心!!　お願いだよ、めちゃくちゃにいじらないで!!」

リステルの悲鳴が響き渡る。

ゲマルガルドは、大きくびくりと全身を震わせ――赤い光の風を巻き起こした。

「バカな!? あれは……白銀新生の光!?」

アルツは驚愕《きょうがく》した。かつての留美《るみ》が可能とした白銀新生。それがXENO《ゼノ》と化した今も使えると思えば理屈は通るが――信じたくなかった。もしかすれば、ゲマルガルドがパイロットの脳を調整する機能を持っていることも、なにか関係しているかもしれない。

だが、それらを確かめる術《すべ》はない。重要なのは今現在、目の前で起こっていることだ。

一面の閃光《せんこう》に染まったモニター。リステルの痛々しい悲鳴だけが、鼓膜を震わせる。

「あ、熱い! 熱いよ!! 溶ける……僕が、僕でなくなる! いやだ、怖いよ……!!」

光が、エネルギーの奔流《ほんりゅう》が、機体へと収束していき――やがてそれは、ゲマルガルドを異形の姿に変えた。背面から四本の腕を生やし、それぞれに剣を携えている。

「リステル、大丈夫か! 返事をしてくれ!」

「はぁ、はぁ……。に、兄さん……」

リステルからのか弱い返答。憔悴《しょうすい》しきっているが、意識はなんとか保っているようだ。

だが――ゲマルガルドは、突如としてゼストマーグに向き直った。六本の腕に六本の剣――六刀流の構えで。そして一歩一歩、ゆっくりと近づいていく。

「え……? な、なぜ? 僕はなにも……!?」

「どうした!?　まさか、機体の操縦が!?」

「命令を受け付けないんだ！　このままじゃ、僕が兄さんを……！」

ゲマルガルドが剣を振りかぶる。アルツはそれを見て、ようやく現状を認識した。

「くっ！　ミーネ、頼むっ！」

もはや回避できるタイミングではない。唯一できたことは、防御を固めることだけ。

しかし、六本の腕から繰り出される瞬速の剣閃《けんせん》は、わずか数秒のうちに百へ達する。

「きゃああっ!?」

トリケラ級の攻撃をものともしなかったミーネの防壁を、ゲマルガルドはたやすく斬《き》り裂いた。その凶刃はゼストマーグの左腕を切り落とし、さらに横腹まで薙《な》ぐ。まるで血液が吹き出すように、切断面からイデアの赤い光が散っていく。

斬撃《ざんげき》を受けたゼストマーグは真横に吹き飛び、重苦しい音を響かせて雪上に叩《たた》きつけられた。ゼストマーグより小型なゲマルガルド――彼我《ひが》の重量差から考えれば、恐るべき出力性能である。これは紛《まぎ》れもなく、留美の持つ白銀新生の力だった。

「ああっ!?　兄さん、兄さんは無事!?」

「も、問題ない……。俺《おれ》も機体も、まだ大丈夫だ」

とはいえ、モニターの機体情報欄《ステータス》の一部が赤に変わっていた。左腕部切断。腹部の損傷は雪の貯蔵庫にまで達し、エネルギー不足により機体出力が低下。

「い、痛いです……！　おなか、ずきずきする……！」

フィードバックを受けたミーネは、悲鳴のような声を上げながら機体の体勢を立て直す。

だが、操られているゲマルガルドがその隙《すき》を見逃すはずがない。ミーネは苦痛に顔を歪《ゆが》めながらも再び防壁を展開させるが、機体の全《すべ》てを覆《おお》うことはできなかった。

やむなく残った片腕に防壁を集中させてしのぐが——限界は近い。モニターの機体情報《ステータス》欄は見る間に赤く染まり、危険な状態を告げる警告音《アラート》がひっきりなしに鳴っている。

そして、その音をかき消すほどに、リステルの、そしてミーネの悲鳴は続いていた。

「止まって！　止まってよ！　このままじゃ兄さんが!!　誰《だれ》か、僕を……!!」

「い、いやですっ！　こんなに怖くて、痛いの、わたし……！　助けてください!!」

「リステル！　ミーネ！　くそっ、どうすれば……！」

無力なアルツ。二人の嘆きが、助けを請う声が、無人の雪原に広がっていく。

——いや。無人ではなかった。ここには、彼女が。

※　※　※

それは、遠い日の記憶。

家族を失くし、家を失くした幼い彼女は、一人で寒さと恐怖と戦っていた。

「だれか……。だれか、たすけてよ……」

廃屋の物陰で膝《ひざ》を抱えたナユキの瞳《ひとみ》から、ついに一筋の涙がこぼれた。

うつむく彼女の視界に、しなやかな手が差し伸ばされたのは、そんなときだ。

「はいはい。呼んだ？」

顔を上げたナユキの目に飛び込んできたのは、太陽みたいな笑顔をした女の子。自分と二つか三つほどしか違わないのに、その姿がとても頼もしかったのを今でも覚えている。

その人の名前は——。


耳障りな音で、ナユキは目を覚ました。……視界を埋め尽くす白。自分が雪の上に倒れているのだと理解し、あちこちが痛む身体《からだ》で、どうにか上体を起こすと——。

目の前では、人型のＸＥＮＯ《ゼノ》が——留美《るみ》が、ゲマルガルドと同化しようとしていた。

衝撃的な光景に、意識が急速に覚醒する。すぐ近くに、ゼストマーグもいるではないか。

「さっきのあれ、幻じゃなかったんだ……！　でも、誰が動かしてるの？　……まさか！」

悲鳴でわかった。ミーネだ。あんなに戦いを嫌う彼女が、自分を探すために乗ったのだ。

「誰か助けてください!!」「僕を止めてよ!!」

——呼ばれている。そう感じた。

ナユキは拳《こぶし》を握り締める。

ゼストマーグと留美が、戦っている。

生きている、自分の仲間と……命を失い、別の何かになってしまった、かつての仲間が。

自分は、どうするべきか？　いや、どうしたいのか？

答えは——すでに出ていた。

「……アルツ！　ミーネ！　しっかりしなさい！」

ナユキは名前を呼び、鼓舞《こぶ》した。全《すべ》てを振り払うように。

気付けば、寒さを感じなくなっていた。イデアが戻ったのだ。ナユキは防寒服を脱ぎ捨て、戦士の姿に戻る。爪先《つまさき》から頭まで、黒一色。

それは、この世界を染める白には決して負けないという、決意の色だった。


そのよく響く声と、イデアの反応を、ゼストマーグのセンサーが確実に捉《とら》えた。

「ナユキ……！　よかった、無事だったんだな！」

モニターに映ったナユキの彼女の顔を見て、アルツは心の底から安堵《あんど》した。

ただ無事である、というだけではない。モニター越しでも感じられる凛々しい視線は、本来のナユキのものだった。それが、なによりもうれしかった。

するとナユキは腕組みをして、二人に檄《げき》を飛ばしてきた。

「前にも言ったわよね!?　ゼストマーグのコクピットに座るってのは、敗北も、あきらめることも、絶対に許されないって!!」

「で、でも、わたしの力じゃ……。戦いなんて……」

「できるわよ！　あんたの力は、あたしが一番よく知ってる！　あたしの弟子ならできるって、信じてるわ!!」

「信じて、くれてる……？　ナユキさんが、わたしを……？」

「俺《おれ》もだ！　ゼストマーグを動かせると信じたから、ミーネに頼んだんだ！」

「ふ、二人とも……」

そうつぶやくと、ミーネは顔をうつむかせてしまった。

「やっぱり、戦うのは嫌です……。すごく怖くて、すごく痛いです……」

もしや、ついに戦意を喪失したのか——と、振り向いたアルツが見たものは。

「でも、身体《からだ》が痛いことより、リステルさんの叫びを聞いているほうがつらいです……！」

大粒の涙を溜《た》めながらも、その奥に強い意志の光を宿した瞳《ひとみ》だった。

ミーネに応《こた》えるように再び展開された防壁が、至近距離のゲマルガルドは弾《はじ》き飛《と》ばした。

背面から倒れ込む青い機体。だが、所詮《しょせん》は一時しのぎにすぎない。あの六刀流の圧倒的な連撃を受ければ、おそらくまた防壁は破られてしまう。

それはミーネもわかっていたのだろう。悔しそうに唇をかんだ。

「守るだけじゃ、リステルさんは助けられない……！　わたしに、戦う力があれば……！」

「……ミーネ。あたしは少し誤解してたみたいね。あんたは、ただの臆病者《おくびょうもの》じゃない」

そう言って、モニターに映るナユキが微笑《ほほえ》みかける。

「確かにゼストは兵器よ。でもそれは、誰《だれ》かを傷つけるためじゃない。誰かを守るために存在している。あんたの持つ、その優しい心に、ゼストは必ず応《こた》えてくれるわ」

「……守るための、力」

ぽつり、そうつぶやいたミーネは、すっと瞳《ひとみ》を閉じて。

「お願いです、ゼストマーグさん！　わたしに——力を貸してください!!」

想《おも》いを言葉に乗せ、叫ぶ。

その返答は、モニターの兵装表示欄に現れた。今まで使用不可能だった欄のいくつかが、緑色に点灯したのだ。

「え……？　ストライク・フィストに、ブレード・エッジ……？」

「ゼストの手足は伊達《だて》じゃないってことよ。剣や銃は無理でも、殴る蹴《け》るなら……ね？」

ナユキはそう言って、片方の目をぱちりと閉じてみせた。アルッとミーネにはその仕草の意図はわからなかったが、彼女の気持ちは伝わった。

「さぁ！　あんたたちの想い、ぶつけてきなさい！　ここで見守っててあげるから！」

「ああ！　いくぞ、ミーネ！　リステルを助けるため、おまえの新しい力を貸してくれ！」

「はい！　助けましょう！　必ず！」

機体は防壁の展開を解除。踵《かかと》のブースターノズルから光を放ち、滑走していく。

モニターには、転倒から立ち上がり、相対するゲマルガルドが映る。加速時の振動でその姿がぶれるが、問題ない。ロックオン・マーカーはしっかりと相手を捕捉《ほそく》している。

「狙《ねら》うのは、ゼノ・トランサーの制御ユニットが集中している頭部だ！　俺《おれ》の操作にあわせて、武装の出力調整を頼む！」

「は、はいっ！　やってみます！」

「いくぞ！　3、2、1――ここだ！」

アルツが操縦桿《そうじゅうかん》の攻撃トリガーを引くと同時、ミーネが大きく息を吸う音が聞こえ。

「す、ストライク・フィスト、ですっ!!」

少しばかり気の抜けた叫びが発せられた。だがそれでも、闘志をイデアに注ぎ込むには十分だった。

腰のひねりによって生じた回転力が右腕に伝わり、まっすぐ伸ばされた腕部は、先端の拳《こぶし》に衝撃を一点集中させる。人型だからこそ可能な格闘技術――正拳突きだった。

しかし、ゲマルガルドは両腕の剣を交差させ、これを防ぐ。そして入れ替わるように、背面の四本腕がゼストマーグに剣を突き立てようとする。それは正面に立つゼストマーグにとっては、完全な死角からの攻撃だった。

「ダメだ！　避《よ》けて、兄さん！」

「くっ……！　回避、間に合うか――!?」

リステルのおかげで、致命傷は避けられた。だが、正面からの攻撃では分《ぶ》が悪すぎる。

「すまない！　ミーネ、平気か!?」

「……わかっちゃった、気がします」

その返答は、まったく予想もしていないものだった。

「ミーネ……？　わかったとは、なにがだ？」

「わたしにしか、できないことです。わたしのイデアじゃ、剣を振ったり、銃を撃ったりすることはできません。……でも、だからこそ！」

ミーネの覚醒に呼応するように、コクピット全体に赤い光の粒子が舞う。

「まさか……ミーネが、白銀新生を!?」

「もっと速く！　もっと堅く！　そうしないと、リステルさんを助けられない！　だからお願い、ゼストマーグさん……もう一度、わたしに応《こた》えてください!!」

モニターには、追撃の一太刀《ひとたち》を繰りだそうとする、ゲマルガルドの姿が映る。そこに重なり表示される《白銀新生》の文字。ゼストマーグの全身を赤い嵐《あらし》が覆《おお》い、今まさに斬《き》りかかろうとしてきたゲマルガルドを弾《はじ》き飛《と》ばす。

そして、光の粒子が飛び散る。現れたのは真紅の機体。その背中から広がるのは、巨大な二対の翼。左右合計十六個の推進噴射口《バーニア》を搭載した大型姿勢制御翼《スラスター》である。

ミーネのイデアを受け、文字通り《新生》した、ゼストマーグの新たな姿だった。

「アーク・シルフィード!?　白銀新生で新たな兵装を作ったのか!!」

アルツはモニターに表示された緒元《データ》を確認し、驚愕《きょうがく》した。その最大推力は以前の三倍にも匹敵している。

「才能があるのはわかってたけど、まさかここまでとはね……。本当、末恐ろしい子だわ」

ナユキも肩をすくめた。驚きを通り越し、呆《あき》れているようだった。

「わたし、わかったんです。銃も剣も怖くて使えないわたしには、イデアの出力を速さに変えて叩《たた》きつけるしかない、って。でも、それだけじゃありません！　わたしにしかできない、わたしのための武装もあります！」

使用不能と表示されていた兵装欄。そこにはいくつもの新たな名が上書きされていた。

「アルツさん！　左トリガー、お願いします！」

「了解した！」

白銀新生で復元された左腕部。その前後を覆う装甲が展開する。

それはイデアの増幅器。ミーネのイデアを――心の形を具現化するための装置だ。

「プロテクト・イージス！　お願い、わたしたちを守って！」

叫び声と共に腕部にイデアを流し込むと、機体の正面に赤くきらめく円陣が現れた。

「これは、防壁か……？　しかも、多重展開型の！」

「はい。さっきは破られちゃいましたから、いっぱい重ねればいいんじゃないかって」

そして――次の瞬間、その防御力は証明された。再びゼストマーグへ突進してきたゲマルガルドの一閃《いっせん》を、ミーネの生み出した円陣防壁が難なく受け止めてみせたのだ。

さらに、その効力はただの防御にとどまらなかった。

攻撃を受け止めた円陣は形を変え、円柱状となってゲマルガルドを包み込んでいく。

「相手を拘束したのか！　なるほど、箱が好きなミーネらしい武装だ！」

「さぁ、アルツさん！　今がチャンスです！　右トリガーを！」

今や、ゲマルガルドは円柱に捕らわれ、完全に無力化されている。

「ああ、了解した！　これで決めるぞ！」

「アーク・シルフィード、出力全開！　――って、速っ、速っ!?」

操るミーネ自身がとまどい、慌てるほどの加速。背面の姿勢制御翼《スラスター》から噴射された莫大《ばくだい》なイデアは、赤い光の翼となって機体を羽撃《はばた》かせた。

モニターに映るゲマルガルドの姿は、瞬く間に目前まで迫る。そして接触の瞬間、円柱の防壁は弾《はじ》けて消えた。

「す、スプレンディッド・ゲイル・フィンガー、ですっ！」

ゼストマーグ右腕のユニットが起動。展開した装甲から現れたのは、背面の翼と同種の推進噴射口《バーニア》。腕全体が一つの加速装置となり、開いた手を相手の頭部へと叩《たた》きつける。

それはただの打撃ではない。凝縮されたイデアにより、その手は赤い閃光《せんこう》を纏《まと》っている。接触しただけでも融解は免れないエネルギー密度だ。そこへさらに、加速による衝撃力が上乗せされる。

ゲマルガルドの頭部が跡形もなく粉砕されたのは、必然の理《ことわり》だった。

制御ユニットを失った機体は、ゆっくりと仰向《あおむ》けに倒れ、完全停止した。ゼストマーグはその腹部に手を伸ばし、コクピット・ハッチをこじ開ける。リステルは目を閉じ、その身をシートに横たえていた。

リステルを回収するため機体を降りたアルツは、地上に立つナユキとも再会を果たして

――そして思い出した。自分が、彼女とケンカをしていたことを。

「ナユキ。さっきは助かった。俺《おれ》には君が必要なんだと、よくわかった」

「ちょ、やめてってば！　この状況でそんなこと言われると、まるで痴話喧嘩《けんか》のあとみたいじゃない!?」

「理解している。夏世界では今の俺たちの状態を、そう呼ぶのだろう？」

「ぜんぜん理解してないっ！　誤解されるじゃないのよ、バカっ!!　もういいわよ!!」

「いや、よくない！　聞いてくれ、ナユキ！　俺が間違っていた！　悪かった！」

「え……？」

ぴくりと、ナユキは身を震わせた。とまどいに揺れるその瞳《ひとみ》が、アルツを見つめ返す。

「どんな気持ちでいるのかを理解しようともせず、俺は君の心を傷つけてしまった。……いや、今だって正しく理解しているとは限らない。きっとこれからも傷つけてしまうだろう。それでも俺は――ナユキにいてほしい」

「あ、アルツ……。あんた……」

ナユキはふっと視線を逸《そ》らし、唇をとがらせた。

「……う、ううん。もうだまされないんだから。どうせまた、人間観察って意味でしょ？」

「いいや、違う。ナユキとの生活は、本当に楽しかった。生きているという感じがした。その中ですれ違い、傷つけ合うことが避けられないのだとしても……俺は、その痛みを受け入れ、ともに生きていきたい」

その言葉を聞いたナユキの顔が、みるみるうちに真っ赤になっていく。

「う……！　ひ、卑怯《ひきょう》よ。まるで、その……ぷ、プロポーズ、みたいじゃない……！」

「ぷろぽ……？　その言葉の意味はわからないが、俺《おれ》の気持ちは変わらない。……いや、ナユキだけじゃない。ミーネに、リステル。俺が大切に思う仲間たちとは、これからも離れることなく未来を生きていきたいんだ」

「言うに事欠いて、ハーレム宣言!?　……そうね。そうだったわね。あんたって、そういうやつよね。……はぁ」

「なんだかよくわからんが、よかった。納得してくれたようだな」

「……えっと、ね」

するとナユキは顔を伏せ、組んだ両手の指をからませては解いてという動作を、幾度も繰り返したあと——突然、ぽふっとアルツの胸に顔を押しつけてきた。

「……一度しか言わないから、よく聞きなさいよ」

「ああ。了解した」

「……ごめん。あのときは、あたしが悪かった。あんたの言葉は正しかったわ」

そして、くるりと背を向けてしまう。その後ろ姿にアルツは——。

「いいや、違うぞ。悪かったのは俺だ」

自分の非を譲らなかった。ナユキは「はぁっ!?」と、眉根《まゆね》を寄せて振り向く。

「あたしの話、聞いてた!?　正しいのはアルツ！　悪いのはあたし！」

「それはおかしい。俺がナユキの心を傷つけた事実は消えない。ならば、悪いのは俺だ」

「あーもうっ、頭固すぎよ！　これだからゼノイドは！　だったら、二人とも悪かった！

はい、これでおしまい！」

反論は不許可といわんばかりの勢いで話を打ち切ったナユキは、アルツの手をつかんで
引きずるように、ゲマルガルドへ歩いていく。

「ほら、妹さんを回収するんでしょ？　あたしも手伝ってあげるから、ぱぱっと済ませて
帰るわよ。いい加減、疲れてくたくたなのよ」

「ナユキ……。ああ、そうだな。よろしく頼む」

そうしてアルツは、コクピットのシートに固定されたままのリステルに呼びかける。

「リステル、しっかりしろ！　リステル！」

するとリステルは、ゆっくりと目を開いた。

「兄、さん……？」

「もう大丈夫だ。機体は停止させた」

「ああ……ご、ごめん……！　僕の機体が、兄さんを……！」

ぽろぽろと涙をこぼし、リステルが抱きついてきた。アルツはその頭を優しくなでる。

「おまえに非はない。気にするな。それよりも、身体《からだ》に異常はないか？」

リステルは目をこすって涙をぬぐうと、こくりとうなずいた。

「うん、平気だよ。……でも、少しだけ疲れたかな」

「そうか。ならば、まずは休息が必要だな」

アルツとナユキは、リステルの身体《からだ》を両脇から抱え上げる。だが、リステルはナユキの手を払いのけ、両腕をアルツの首に絡めてきた。

「触らないでくれるかな。僕に触れていいのは、兄さんだけだよ」

「はぁっ⁉　あ、あんたねぇ、人の厚意をなんだと思って……！」

抗議の声も意に介さず、アルツの胸に顔をうずめたリステルを見て、ナユキはため息をつきながら背を向けた。雪を踏みしめる音が、ゼストマーグに向かい遠ざかっていく。

そしてリステルは、ナユキに放ったものとはまったく違う響きで言葉を紡ぐ
「……やっぱり、兄さんは暖かいね」

「ん？　ああ。リステルの身体は、少し冷えている。暖めたほうがいいかもな」

「ううん。そういう意味じゃないよ。あの日、僕は旧人類《プロト・カインド》の遺跡で、兄さんの心に触れた。そのときだよ。僕にも心が生まれたのは」

「ナユキが白銀新生に成功したときか……」

ふと、本当の父親――リヒトの言葉が思い出された。

心の熱はイデアによって伝播《でんぱ》し、ゼノイドにも感情を呼び起こさせる。リステルはそれを実証していたのだ。

「……すまない。俺《おれ》のせいで、おまえにもつらい思いをさせた。経緯はリィザから聞いた。準機士の資格を剥奪《はくだつ》され、初等訓練生にまで降格させられたと」

アルッは罪悪感から視線を逸《そ》らした。するとリステルは、そっと顔を近づけてきた。

「いやだよ。そんなこと言わないで」

触れ合う肌の温《ぬく》もりを確かめるように、頬《ほお》をすり寄せながらつぶやく。

「僕は兄さんと同じになれて、すごくうれしいんだ」

「リステル……。だがゾット司令は、心を持つ人間を排除しようとしている。あの人との衝突は避けられないだろう。それにおまえを巻き込みたくはなかった」

「いいよ。僕には兄さんが全《すべ》て。兄さんのそばにいれるなら、他にはなにもいらない。それを邪魔するのなら、XENO《ゼノ》だろうと司令だろうと、父親であっても僕の敵だ」

リステルの声音は、冷え切っているようにも、熱を帯びているようにも聞こえた。

それが彼女固有のものなのか、感情に目覚めたばかりのゼノイドの特徴なのかは、よくわからない。

ただ一つ確実なのは――リステルはアルッを、なにより大切にしている。

今は、それだけわかれば十分だった。

「……そうか、ありがとう。ならば、ともに戦おう。おまえの力を頼りにさせてもらう」

「うん。僕は兄さんの剣。兄さんの敵は、全て僕が斬《き》り伏せてみせるよ」

戦いを誓った新たな仲間、リステルを抱え、アルッはゼストマーグへ戻る。機体の足元で二人を待っていたナユキと合流し、三人でコクピットに乗り込む。

「ナユキさん！　無事でよかったです……！」

出迎えたミーネは笑顔のまま、瞳《ひとみ》には今にもこぼれそうな涙をたたえていた。

「ミーネ……。あんたにも心配かけちゃったみたいね。悪かったわ。そして……ありがと。ゼストを動かすなんて、本当にたいしたものよ。……さて、それはともかく」

ナユキは困ったように眉根《まゆね》を寄せた。二人乗りのコクピットの中には、これで四人。

「……うーん。さすがにこれは狭いかも」

「それなら兄さん、いっしょに座ろう。僕は兄さんの近くが、もっとも休息できる」

「わかった。そうしよう」

前部座席に腰を下ろしたアルツの膝《ひざ》の上に、ごく当たり前のようにリステルが乗る。

その様子をじーっと見つめていたミーネは、小首を傾《かし》げてナユキに向き直る。

「男と女は、あんまりくっついちゃいけないんですよね？　あれはいいんですか？」

するとナユキは、「ふえっ⁉」と上ずった声を発した。

「えっと、兄妹《きょうだい》は別というか……。でも兄妹だからこそ、許されないって見方も……？」

「どうした？　俺《おれ》とリステルには、なにか不都合があるのか？」

「不都合っていうか、目の毒というか、見せつけられちゃってるというか……。とにかくこっ恥ずかしくて……いやいや、そうじゃなくてね！　これは倫理的な難題というか……」

ナユキの返答は要領を得ない。問題があるのならば訂正したいアルツは、さらに追及を行いたかったが――事態はそれを許さなかった。

アルツの所持したX結晶に、クーラからの通信が舞い込んだのだ。

『偵察兵から報告を受けた。ゼストマーグが都市の外へ向かっていった、と』

「ああ。ミーネの力を借りて、起動に成功した。そして今、ナユキを保護したところだ」

アルツが答えると、クーラは『おお！』と感嘆の声を上げた。

『よくやってくれた。では至急、都市へと戻ってきてくれ。XENO《ゼノ》の襲撃を受けている。トリケラ級が主戦力のいつもの群だが、現在の都市の戦力では苦戦は免れない。ゼストマーグの力が必要不可欠だ』

一方的に用件を告げ、通信は切れた。その慌ただしさが戦況を雄弁《ゆうべん》に語っていた。

「よし。都市に――――」

アルツの言葉をさえぎったのは、ミーネの慌てふためいた報告だった。

「ま、待ってください！　付近にXENOの反応があります！　これは……！」

モニターに、大破し横たわるゲマルガルドが拡大される。するとそこから、白い雪が溶け出してきたのだ。

やがてそれは人の形で固まり、相も変わらずの虚《うつ》ろな眼差《まなざ》しを向けてくる。

「やはり、まだ倒してはいなかったか……！」

予想していたことではあった。中枢結晶が無事な限り、XENOは活動し続けるのだ。

そして続けて起こったのは、その予想の中でも最悪の事態。

頭部の制御ユニットを失ったゲマルガルドが、不可視のワイヤーで吊《つ》られるように不自然な挙動で起き上がる。

【……白銀、新生】

推論が、確信に変わった瞬間だった。敵は自分達と同じ、奇跡の力を行使できるのだ。

ヒューマノイド級は吹雪《ふぶき》を巻き起こし、ゲマルガルドの残骸《ざんがい》を包み込んでいく。

「言葉にできないなにかを感じる……！　次こそ、全力で俺《おれ》たちを……!!」

アルツが呆然《ぼうぜん》とつぶやくと、敵を包んでいた吹雪の壁から、なにかが突き出てきた。

その正体を推測した瞬間、アルツは操縦桿《そうじゅうかん》のトリガーを引いていた。

「ミーネ！　防壁を！」

「は、はいっ！　プロテクト・イージスっ！」

機体正面に輝く円陣が出現すると同時、それは吹雪を突き破って放たれた。

ゼストマーグよりもなお巨大な、氷の槍《やり》。雪面はおろか、その下の地面すらえぐり取りながら襲い来る破壊の塊《かたまり》は、吹雪などという生易しいものとは比べようもない。

物体が激突する際の衝撃力は、その質量と速度によって決定される。圧倒的に巨大な質量というのは、それ自体が凶器なのだ。ミーネの白銀新生によって進化した防壁ですら、時間稼ぎにしかならなかった。

「ものすごい衝撃です！　だ、ダメです！　防壁が、もう……!!」

「くっ！」

射線上から退避しようとするも、間に合わない。左半身が直撃を受け、機体はきりもみ回転をしながら吹き飛んでしまう。

「きゃああっ!!」

機体がむき出しの地面に叩《たた》きつけられると、けたたましい警報《アラート》がコクピット内に鳴り響いた。モニターの機体状況は真っ赤に染まり、甚大なダメージを受けたことを告げる。

「うぅ……。みんな、無事か……?」

「僕は平気だよ。兄さんが抱きしめてくれてたから」

「いつつ……。あたしも、まぁなんとか。あちこちぶつけたけどね」

「あ、う……」

しかしミーネだけは、うめき声を返してきた。消えたモニターと計器類の表示が、彼女が意識を失ったことを確実に伝えていた。

「なるほど。これは、僕の出番だね」

リステルの行動は迅速だった。気を失ったミーネを押し潰《つぶ》すように座り、座席脇のコードとデバイスを接続。機体にイデアを流し込み始めると、システムが再起動させる。

モニターに再び光が点《とも》り、敵の姿を浮かび上がらせ……アルツたちは一様に言葉を失う。

――黒いゼストマーグ。それが敵の新たな姿だった。

その装甲はXENO《ゼノ》と同様にX結晶の複合体であり、額には中枢結晶が存在している。

「う、ウソでしょ……? なんなのよ、それ……?」

ナユキの動揺は激しかった。モニターを見つめる瞳《ひとみ》は、焦点が合っていない。

――怒りで。

「ふざけんじゃないわよ!!　ゼストはね、あたしたちの希望の象徴なのよ！　それと同じ姿をしたXENO《ゼノ》だなんて……絶対に許さないんだから!!」

「ああ、そうだ！　なんとしても、あいつを倒すぞ！」

ナユキと同じ気持ちを、アルツも抱いていた。

ゼストマーグは、自分に生きる意味と希望を与えてくれた機体だ。

だが、敵はこちらに背を向けると板を展開し、ブースターから吹雪《ふぶき》を放ちながら滑走していった。まるで、倒れ伏した敵には興味がないと言わんばかりに。

「なぜ襲ってこない……？　XENOは熱に惹《ひ》かれる習性を持つ。それともあれは、なにか別の存在なのか？」

「理由はわからないけれど、僕には好都合だよ。あいつは僕の機体を無理やり操って、兄さんを傷つけたんだ。……ふふ。絶対に許さないよ」

リステルの浮かべた薄い笑みを見て、ナユキはぶるりと背筋を震わせた。

「……こわっ。ブラコンもここまでくると、ほとんど病気ね」

その声はリステルの耳には届かなかったのか、あるいは、届いても無視したのか。彼女は機体の制御を続け、立ち上がらせようとしたが、四肢をきしませるだけに終《お》わる。

それでもリステルは落ち着きはらって操作盤《コンソール》に手を伸ばし、ダメージをチェックする。

「前面部の装甲、大破。砕《くだ》けた破片が機体の稼働部に入り込んで、干渉してるみたいだ。それに膝関節《ひざかんせつ》の駆動装置《アクチユエーター》も損傷。これは厳しいね」

状況は最悪。そうとしか聞こえなかった。だがリステルの表情は変わらない。

「――うん。あれしかない。成功するか未知数だけど、やってみるよ」

コクピットが赤い光で満ちていく。リステルがイデアを燃やしているのだ。直前に激しい戦闘を行っていたとは思えないほど、激しく強く。

「リステル⁉　まさか、白銀新生を試すつもりか⁉」

「無理やりっていうのが気に入らないけれど、さっきので方法はわかったか、ら……？」

リステルのデバイスと機体を接続するコードに、ナユキの手が伸びていた。

「悪いわね。ちょっと代わってもらえる？」

「いやだよ。それに君からは微量なイデアしか感じない。それでどうやって戦うんだい？」

「それでも、よ。あのXENOが向かっていったのは、きっと要塞《ようさい》都市だわ。……あれが人の命を奪うことだけは、あたしが止めなきゃいけない」

「ナユキ……。君は……」

その悲壮な決意は、アルツにも伝わった。

留美《るみ》は命を燃やし尽くしてまで、人類のために戦った。その成れの果てが命を奪おうとしていることに、耐えられないのだろう。

――だが、本当にそれでいいのか？

握り締めたナユキの拳《こぶし》がわずかに震えていたのを、アルツは見てしまった。心の痛みを押し殺してまで彼女に戦わせるくらいなら、リステルの力を借りたほうが……。

ナユキか、リステルか。二つの選択肢で揺れるアルツの心中に。

《――アルツ。イデアの力を信じるんだ――》

父の言葉とともに、第三の選択肢が希望となって現れた。

「……了解した。ナユキの力を貸してくれ」

「そんな！　兄さん、どうして……!?　僕の力を信じてくれないのかい!?」

「そういうことじゃない。あのＸＥＮＯ《ゼノ》はナユキでなければ倒せない――いや、救うことができないんだ」

救う。その言葉に、二人はそろって怪訝《けげん》な表情を向けてきた。

「え……？　救えるって……本気で……？」

「イデアの熱は――人の心の熱は、ゼノイドの心を溶かす。その証拠にリステルは、俺《おれ》の心に触れ、感情に目覚めた。ならば、もしもあのＸＥＮＯに留美《るみ》の心が残っていたら？」

アルツの示したその可能性に、ナユキの瞳《ひとみ》が輝きを帯びていく。

「あ……！　そうか。ただ呼びかけるだけじゃなくて、あたしの心をイデアに乗せてぶつければ、もしかしたら……!!」

「だが、確証はない。あくまで可能性の話だ。ナユキがそれでもいいのなら――」

「可能性？　そんなの、１％だってあれば十分よ！」

すぱぁん、という、小気味よい音が響く。ナユキが自身の両頬《りょうほお》を思い切りはたいたのだ。

「つぅ……！」

「な、ナユキ……？　いったい、なにを……？」

「闘魂、注入完了！　さぁ燃やすわよ！　あたしの心を!!」

それが合図だったかのように、ナユキの身体《からだ》からイデアの輝きが吹き上がる。

そのとき、リステルに押し潰《つぶ》され続けていたミーネが、ようやく目を覚ました。

「う、うぅん……。って、あれ!?　なんでリステルさんが、わたしの上に乗ってるんですか!?」

「ふかふかで、なかなかの座り心地だったよ。君にはシートの才能があるかもね」

「そ、そんな才能、いらないです！　早く降りてくださいよぉ！」

にわかに騒がしくなりはじめたコクピット。それを聞いたナユキが、ため息をもらす。

「どんな才能よ、それ……。バカやってないで、早くそこどいてくれる？」

「俺からも頼む。今は、ナユキの力が必要なんだ」

「兄さん……。わかったよ。だけど、その子でもダメだったら、次こそは僕が戦う」

話の流れがわからず「え？　え？」とおたおたしているミーネを連れ、リステルは座席から降りた。そして、そこが定位置のように、アルツの上に戻る。

「ふかふかシートも悪くないけど、やっぱり兄さんの膝《ひざ》の上が一番だね」

「このブラコン妹は……。まぁ、こう狭くちゃ、しかたないか」

ナユキはあきらめたようにつぶやくと、それに視線を移した。

空いた後部座席。目を細め、その表面をさらりと撫《な》でる。

「……ただいま、ゼスト」

挨拶《あいさつ》してから飛び乗り、デバイスと機体をコードで接続。

すると、ゼストマーグも「おかえりなさい」の挨拶を返す。モニターに《白銀新生》の文字が表示されたのだ。

「そう。あんたもやる気満々ってわけ。偽物には負けてられないものね！」

にっ、と、ナユキは口元に不敵な笑みを浮かべた。ゼストマーグの歓迎に応《こた》えるようにイデアを燃やすと、赤い光の粒子はコクピットを満たし、機体を覆《おお》う。

やがて機体は漆黒の色へと戻り、その手には長大な銃器を携えていた。

「ダメージ・コントロール。オールグリーン。各ユニット正常に稼働」

機体状況のチェック完了。アルツの背後で、ナユキが深呼吸をする音が聞こえた。

「さぁ、行くわよ！　留美《るみ》さんを助けに!!」

「ああ！　ナユキの心をぶつけて、目を覚ましてやれ！」

アルツとナユキの闘志のごとく、ゼストマーグの双眸《そうぼう》が光る。そして板を展開し、雪煙を巻き上げ急行する。

そのまま滑走を続けると、やがてモニターに都市の防壁が小さく映し出され——アルツは、ぞわりと肌が粟立《あわだ》つのを感じた。

「防壁が、破壊されている……!?　もう侵入を許したのか!?」

少し前に、都市はトリケラ級の襲撃を受けた。そこにゼストマーグの姿をしたヒューマノイド級が加わったとしても、あまりに早すぎる。いくら人員の半数が行動不能とはいえ、こうもたやすく突破されるほど、要塞《ようさい》都市の守りは薄くない。

全速力で都市に突入したアルッたちは、すぐに異常の理由を知った。

ゼノ・トランサー部隊が砲火を浴びせていたのは――同じゼノ・トランサーの部隊。彼らは同士討ちを行っていたのだ。

「これは、いったいなにが……」

アルッが呆然《ぼうぜん》とつぶやくと、一機だけ突出した黄色の機体――クーラが接近してきた。

「教えてくれ、クーラ！　これはどういうことだ!?」

するとクーラは、「今度こそ、本物のようだな」と、安堵《あんど》したようにつぶやいた。

「よく来てくれた。戦況はご覧の通り、混戦状態だ。どうやらあのゼストマーグ……いや、ヒューマノイド級が、行動不能になったゼノイドたちを操っているようだ」

おそらくは、リステルのときと同じ精神攻撃だろう。だが、その規模が段違いだ。

戦場を見渡すと、どこかぎこちない挙動で、トリケラ級と連携する機体が散見された。あれが操られたものだろう。

「あ、あのっ！　リィザさんは!?　彼女は無事なんですか!?」

「ノア機関の地下に避難したと、報告を受けている。おそらく無事だ」

そしてクーラ機は、おもむろにストック・マニューバの照準を合わせた。操られた機体ではなく、その足下。格納庫へ向かい、ふらふらと歩くゼノイドたちへ。

「なにをするんだ！　相手は生身だぞ!?」

ゼストマーグの伸ばした手が、その銃身をはね上げる。発射された弾丸は空のいずこかへ消えていった。

「それはこちらの台詞《せりふ》だ、アルツ君。あれを放置すれば機体に搭乗し、我々の敵となるのだ。ならば倒す。倒さなければ、我々が倒される。当たり前の理屈ではないか」

その言葉を証明するように、操られた機体が射撃を行ってきた。ゼストマーグがクーラ機をかばうと、間髪容れず、トリケラ級の突進攻撃が襲いかかる。激しく回転する角を両手でつかむと、鋼鉄の火花が散った。

「……理屈か。確かにそうかもしれないな」

「納得してくれたか。ならば――」

「だが俺《おれ》は、ゼストマーグを信じている！　奇跡を起こし、生命を守るために造られた、この機体を！」

ゼストマーグはトリケラ級を蹴《け》り飛ばし、ブラスターを斉射。中枢結晶を打ち抜かれた冷たい生物が、雪へと還《かえ》る。

そしてアルツは振り向く。そこには、頼もしい仲間たちがいた。

「力を貸してくれ！　みんながいてくれれば、どんな不可能も可能にできると、俺は信じている！」

「それが兄さんの願いなら、僕は喜んで力を貸すよ」

「わ、わたしもですっ。誰《だれ》かを守るためなら、わたし、がんばれます！」

リステルとミーネは、力強くうなずいた。最後にナユキが、不敵な笑みを浮かべて続く。

「ええ。見せてあげるわ。世界を救う、鋼鉄の神の力を！」

宣言とともに、ゼストマーグは被害の激しい方へと突き進んでいく。おそらくヒューマノイド級がいるのは、最大の激戦区だからだ。

その一帯の施設は大半が瓦礫《がれき》と化し、大破した機体の残骸《ざんがい》があちこちに点在していた。相討ちになったのだろう。互いの腹部からストックを生やした二機の姿が目に映り、アルツは胸の奥に痛みを感じた。

いったい、どれだけの生命が失われてしまったのか。静まり返るコクピットの中では、周囲から断続的に聞こえる破壊の音が、やけに大きく聞こえた。

やがてアルツたちは、戦場の只中《ただなか》で一機のゼノ・トランサーと鉢合わせる。

白い重装甲の機体。ゾット司令だった。

「…………」

彼は無言で、敵性機体に銃弾を放つ。照準は的確に腹部のコクピットを狙《ねら》っている。

「……っ！」

アルツは機体を、その射線上に割って入らせる。ゾットの攻撃は、やはり他の機体とは一線を画していた。着弾はゼストマーグの装甲を削り取り、体勢を揺るがす。

「アルツ。この行動の意図はなんだ。説明を要求する」

「俺《おれ》の目の前で、生命を奪わせはしない！　全《すべ》て守ってみせる！　生命は希望なんだ！」

ゾット機と、操られた機体。互いの攻撃を防ぐ壁となるように、ゼストマーグが巨体を砲火にさらし続けていると――ゾット機は背を向けた。

「……おまえも、リュミエールと同じことを言うのだな」

「リュミエール？　それは確か、留美《るみ》のもう一つの名前……？」

しかしゾットは答えない。機体を滑走形態に変形させ、雪煙とともに去っていく。

（司令は、俺の本当の父親ではなかった。どうしてそのことを隠していた……？）

その後を追って問いただしたい衝動に駆られたが、アルツは機体を前へ進ませた。

今は、やるべきことのために。

敵味方、双方からの攻撃を受け止め続け、ゼストマーグは傷だらけになっていく。後部座席から、フィードバックによる苦痛のあえぎが漏れた。

「すまない、ナユキ。俺の間違いにつきあわせてしまって」

「こんな間違いなら、むしろ大歓迎よ！　これくらい、あたしもゼストも大丈夫！」

強気の答えだったが、その息は荒く乱れている。モニターの情報欄を見ずとも、出力が落ちているのは明らかだった。それは機体を覆《おお》うイデア・シュラウドの防御力低下を招き、さらなる損傷を受けるという、悪循環に陥っていた。

「ナユキさん。わたしに替わってください。みんなを守るなら、わたしの方が……」

ミーネもこの状況を見かねたのだろう。だが、ナユキはその申し出に首を横に振った。

「……ごめん。これだけは譲れないの。お願い、あたしにやらせて」

そう答えた直後、瓦礫《がれき》と機体の残骸《ざんがい》の中に、ついに目標の背中が見えた。長大な銃器を手にした、黒いゼストマーグ型のXENO《ゼノ》。それがゆっくりと振り向いて――。

瞬間、ナユキの息を飲む音が聞こえた。

「留美さん……。泣いてるの……？」

黒いゼストマークの双眸《そうぼう》から、一筋の線となって流れる水。

XENOを構成するのはアウター・スノウであり、溶けることはない。それを溶かす唯一のものは、人の感情。もしかしたら、と。アルツは直感する。留美には、まだ――。

「……待っててね、留美さん！　今すぐ助けるから！」

ナユキの迸《ほとばし》る戦意が、機体の出力を跳ね上げる。ゼストマーグは足を止め、板を収納。足下から姿勢固定用のパイルを伸ばして地中に根を張り、最大出力での射撃姿勢を整えた。

対する相手も、氷槍《ひょうそう》を射出するための雪が、構えた銃に集まっていく。

武装はともに一撃必殺の極大射撃――メサイア・カノン。力と力のぶつかり合いだ。

「ナユキ、準備はいいか？」

「もちろん！　ぶちかましますわよ!!」

「了解した！　いくぞ!!」

操縦桿《そうじゅうかん》の両トリガーを引き絞り、アルツとナユキは言葉を重ねる。

『インフィニティ・メサイア・カノン!!』

目もくらむ閃光《せんこう》が爆《は》ぜる。そのエネルギー量たるや膨大で、モニターを遮光表示にしてなお、敵の姿は明確には見えない。敵影も攻撃を放ったことだけは、かろうじてわかった。激突する赤と白。銃口から迸《ほとばし》るナユキのイデアが、迫り来る氷の塊《かたまり》を溶かす。だが、氷の槍《やり》は無限に伸び続けるように、瞬時に生成、射出されてくる。

均衡状態。どちらの攻撃も相手に届くことなく、中間の一点で激しい衝突を続ける。

「伝わってくる……。留美《るみ》さんの、心が……！　こんなこと、もうしたくないって！」

アルツの後ろで、ナユキの歯を食いしばる音が聞こえた。

イデアを介して触れることで、その内面を感じたのかもしれない。XENO《ゼノ》に支配されてしまった、彼女の絶望を。

「留美さんの悲しみは、あたしが止める！　だから……もう泣かないで!!」

激昂《げきこう》とともに、放出されるイデアが膨れ上がった。

反動で機体の足下は大きく地面にめり込み、銃身がみしみしと悲鳴を上げる。そして、光は瞬く間に氷の槍を飲み込み、敵を多い尽くす。

「よし、攻撃が届いた！　これで、あとは――」

無事に留美の心を呼び起こすことができたか。そう期待したアルツが目にしたのは。

「氷の……壁……!?　無傷だというのか!?」

失念していた。あれは人間サイズのときも、氷の壁を自在に操っていたのだ。今も同様の壁を使えたとしても、なんの不自然もない。

「……いいえ。わずかだけど、貫いたわ」

ナユキの言葉通り、氷の壁の中心には穴が穿《うが》たれ、敵の腹部は表面が融解していた。

「だが、浅い。直撃を浴びせなければダメか……！」

「それでも希望は見えたわ！　あの氷の壁さえ破れば、絶対に留美さんを助けられる！」

だが、敵は予想外の行動に出た。操った機体を集結させ、自身を囲ませたのだ。

それはさながら、偽りの救世機に扇動された兵士たち。ナユキが悔しげに舌打ちをする。

「XENOのやつ……！　留美さんに、そんなことをさせるなんて！　守るべき人々を盾にするとか、ふざけんじゃないわよ！」

「ああ、そのとおりだ！　命を使い捨てにするような戦いを、俺《おれ》は認めない！」

――そのときだ。アルツの脳裏に、なにかの姿が一瞬だけ浮かんだのは。

（なん、だ？　今のイメージは⁉）

夢想、あるいは幻影か――それとも、これが希望というものだろうか。

アルツが気を取られていると、敵部隊が行動を開始した。一斉にストックを構え、銃撃を開始。すさまじい弾雨の前に、さすがのゼストマーグも防御と回避に専念するしかない。

「ここは僕の出番だね。斬《き》り裂くことなら任せて。あいつの防御を崩してみせるよ」

「無茶《むちゃ》よ！　いくらあんたでも、この攻撃をかいくぐって接近するのは！」

「あっ、あの。わたしだったら、身を守りながら近づけると思うんです。だから……」

リステルとミーネが、立て続けに出力調整者《ドライバー》の立候補をする。

彼女たちの申し出を受け、アルツが出した答え。それは。

「——全員だ。みんなの力を貸してくれ」

三人が三人とも、同じような困惑の表情を浮かべ、時が止まった。

「はぁ!? こんなとこでまたハーレム宣言!? ふざけないでよ!!」

「一人一人じゃ、ダメだ。みんなの力を合わせないと、あれは倒せない」

アルツは真剣そのものの声音で、そう告げた。ナユキもすっと表情を引き締める。

「……無理よ。イデアは人それぞれ波長が違う。そんなことができたのは後にも先にも、留美《るみ》さんが命を賭《か》けて、あの一回だけ——」

そこでナユキは、はっと目を見開いた。

「まさか、あんたも同じことを……!? やだ、やめてよ! あんたは知らないでしょうけど、それで留美さんは心を壊したのよ!?」

「ああ。知っている。だが大丈夫だ。根拠はないが、確信はある。俺《おれ》の役目は、俺の力は、きっと『そういうもの』なんだ」

「え……? 知っているって……?」

「俺は本当の両親から、希望を託された。ゼノイドと旧人類《プロト・カインド》——人と人をつなぐ者として。ならば可能なはずだ! ナユキたちの力を、一つにつなぎ合わせることが!」

「本当の両親……? ちょっと、どういうこと!? ちゃんと説明を——」

問いただすナユキの声が、ぴたりと途切れた。コクピットの異変に気付いたのだ。

「白い……イデアの光……？」

白銀新生の際の、過剰とも言えるエネルギーの放出現象。コクピットを満たす輝きが、赤から白へと変化していく。やがてそれは、色すら判別できないほどのまばゆさを放った。

「ゼストマーグ！　おまえが、人の願いを形にする兵器だというのなら——頼む！　俺の心にも応《こた》えてくれ!!」

「アルツ、あんた……なにをしようとしているの……？」

声を震わせ、ナユキが聞いてきた。理解不能な事態におびえているのかもしれない。

アルツは、こんなときにぴったりの言葉と仕草を、母親から受け継いでいた。

右手の人差し指と中指を立て、ナユキに微笑《ほほえ》みかける。

「大丈夫だ。なんとかなるなる、というやつだ」

「そ、それ、留美さんの!?　どうしてアルツが……!?」

その問いかけも、返答も、全《すべ》てが白く包まれ消える。


——要塞《ようさい》都市『アカツキ』が、ゼストマーグから発せられる閃光《せんこう》に包まれた。

その現象は、都市の正門付近で戦闘を行っていたクーラも確認していた。

「なんだ……!?　なにが起こっている!?」

クーラが戸惑いの叫びをあげた。徐々に光が弱まり、都市の姿を露《あら》わにしていく。

都市の面積の半分近くで、雪という雪が消滅していた。地に積もる雪はもちろんのこと、崩れた建物の瓦礫《がれき》、大破した機体の残骸《ざんがい》。それら全《すべ》てが消え、大地が露出している。

そして光が完全に消えると、それが姿を現した。

――白いゼストマーグ。

いや、それはただの白ではない。自ら光を放つ神秘の装甲――まさしく白銀。

機体を中心とした一帯の上空は暗雲も吹き飛び、天の蒼穹と陽光が機体を照らす。

その雄々しき姿に、クーラは驚嘆のつぶやきを口にする。

「あ、ありえん……!! あの広範囲の全てを、イデアに変換したというのか!?」

内包する途轍《とてつ》もないエネルギーを抑えきれないように、ゼストマーグは全身から赤い光を吹き上げる。不可視の圧力がクーラの機体を、要塞《ようさい》都市を――世界を揺らした。


次にアルツたちの網膜が像を結んだとき、コクピットの様子は一変していた。

「え……? ちょ、なにこれ!? なにもかも、丸ごと変わってる!?」

内部構造だけでなく、人員の配置まで変化していた。後部座席が一段高いのは同じだが、そこにはアルツが操縦桿《そうじゅうかん》を握り座っている。

座席も増設された。アルツの左前にミーネ、正面にナユキ、右前にリステルがいる。

「あ、あれれ? わたし、いつの間に?」

「兄さんの膝《ひざ》の上じゃ、ない？　それに、僕たちの座席にあるコード……。イデアを機体に送り込む装置？」

「それじゃあ、アルツさんは本当に、三人の力を一つに……！」

感動の声をもらすミーネに、アルツは指示を飛ばす。

「ああ！　まずはミーネの力を借りるぞ！　敵の攻撃が再開された！」

「は、はいっ！　プロテクト・イージス、展開します！」

ミーネは慌てながらコードをデバイスに接続し、機体にイデアを流し込む。

対して、リステルはいたって冷静だった。

「緒元《データ》モニターに出すよ。……すごい。最大出力が以前の十倍以上もある」

「マジで!?　ちょっとアルツ！　こんなとんでもないことして、なんともないの!?」

ナユキが慌てたように振り向き――固まった。

「そ、その、髪……」

「俺《おれ》の髪がどうかしたか？」

「真っ白……ううん、銀色!?　なにそれ、どうしたの!?」

言われ、アルツは自分の前髪を目の前に下ろしてみる。

「……おお。本当だ」

「なにが『おお。本当だ』よ!?　ホントに平気なの!?」

「ああ。不調は見当たらない。むしろ全身に力が満ちている」

「……むぅ。なにがどうなってんのか、さっぱりだわ。まぁ、いいけど」

余裕そのもののアルツの声に、ナユキはどこか納得がいかない様子で前に向きなおると、ふっと表情を緩めた。

「……無事でよかった。本当に」

誰《だれ》にも聞こえない小声で安堵《あんど》の声をもらした、その直後だった。モニターに数字が表示された。

「活動限界時間、か。刻一刻と減り続けるそれの意味を、アルツはすぐに理解した。

ナユキ、アポカリプス・フレアだ！　だが五分もあれば、問題ない。まずは操られた機体を無力化する！」

「あの武装で⁉　無理よ！　自分で言いたくはないけど、あたしのイデアはそんなに器用じゃないもの。パイロットを傷つけずに無力化なんて……」

「それなら問題ない。ミーネとリステルの力が、ナユキを助けてくれる」

シート脇に増設された兵装切替シフトレバーを、アルツは慣れた手つきで操作した。

すると、モニターの兵装欄の表示、それまでミーネの名前が表示されていた『メイン・ドライバー』の項目に、ナユキの名前と、彼女が得意とする射撃武装の名称が並んだ。

操作方法を確認するまでもなく、全《すべ》て把握済みだった。この機体を想像し、束ねた力を以《もっ》て形にしたのは、アルツなのだから。

「ミーネは照準を、リステルはイデアの性質調整を、それぞれ頼む。多数の目標をロックオンしつつ、誘導性を高めたピンポイント射撃を！」

「は、はいっ！　アクティブ・ソナー照射！　目標、捕捉《ほそく》します！」

サブ・ドライバーとなったミーネの操作で、機体頭部のセンサー・ユニットが光を瞬かせる。放出されたイデアの波が目標に到達することで、正確な距離と方向が算出された。

「僕も了解。機体各所のイデア増幅装置にアクセス。エネルギー収束率の調整完了」

「二人が、あたしのサポートを……。ありがとう。あんたたちの力、頼らせてもらうわ」

ナユキは両隣の仲間に礼を言うと、自らもデバイスにコードを接続した。

ゼストマーグの両肩部と、さらに両脚部にも増設された砲門が展開。赤いイデアの光を灯《とも》らせていく。

「アルツ！　いつでもいいわよ！」

準備完了の合図とともに、アルツは操縦桿《そうじゅうかん》のトリガーを引く。

『アポカリプス・フレア!!』

二人の闘志が、何十もの光の槍《やり》となって放たれた。

以前の武装は、光の弾を広範囲にばらまくことしかできなかった。それが今では仲間の力により、精密な射撃が可能となった。

光は空中で鮮やかな弧を描き、次々にゼノ・トランサーの頭部制御ユニットを貫く。

わずか一撃で、操られた全機体は無力化。雪崩のように倒れていった。

「よし！　突撃して、あの氷の壁を突破するぞ！」

アルツは兵装切替シフトレバーを、リステルの項目に入れる。

機体が腰のブラスターを引き抜くと同時に、白銀新生が発動。赤い光をまとい、二丁のブラスターが二本の長剣へと姿を変えていく。

対する敵はメサイア・カノンを構え、再び氷の槍《やり》を放って迎撃してきた。

「リステル！　おまえの力が必要だ！」

「兄さん！　兄さんが、僕を頼ってくれてる……！　こんなにうれしいことはないよ！」

恍惚《こうこつ》の笑みを浮かべるリステル。その歓喜はイデアとなって機体に伝播《でんぱ》し、手にした剣を赤く輝かせる。

「僕たちの敵を斬《き》り裂け！　ケイオス・セイヴァー!!」

二本の剣を接合。柄《つか》の両端から刀身を伸ばしたツイン・ブレードを構えると、その手首ごと回転させながら、ゼストマーグが突撃していく。

圧倒的なエネルギー量によって形成された刃の鋭さは、原子レベルにまで研ぎ澄まされている。触れたものはなんであろうと、分子結合を解かれ両断されるしかない。迫り来る氷の槍ですら、一瞬の内に幾重もの斬撃《ざんげき》で切り刻まれ、砕《くだ》け散っていった。

そして機体はその勢いのまま、敵が展開した氷の壁をも十字に斬《き》り伏《き》せる。

「ナユキ！　今だ!!」

再びシフトレバーをナユキに入れると、またしても機体の手にした武装が変化する。

だが、元のブラスターではない。あふれる力が、より巨大な武器を形作っていく。

――二丁のメサイア・カノン。

アルッとナユキ、二人の願いの顕現を、ゼストマーグはその両手に構える。

「……ありがとう、アルツ。あたし、あんたに出会えてよかった」

ナユキが振り向き、ふっと柔らかく微笑《ほほえ》む。

「ああ。俺《おれ》もだ」

アルツも短く答える。視線の交錯は、わずか一瞬。

それでも十分すぎた。お互いの心をこんなにも近くに感じあえる、今ならば。

二人はまったく同じタイミングで、モニターに向き直る。

『インフィニティ・メサイア・カノン!!』

アルツとナユキの声が重なり、二つの砲口が神の炎を放つ。

眼《め》を焼くような赤い光の渦が、偽りの救世機の姿をかき消していき——やがてまぶしさが収まると、地面には敵の残骸《ざんがい》が転がっていた。

すると、そこから雪が染み出して立ち上り、やがて人の形になった。

「…………」

アルツとナユキは、無言で身構える。留美《るみ》は心を取り戻したのか、それとも——。

モニターの表示がズームに切り替わり、それの顔を拡大する。そして唇が震え。

「あ、る、つ……。な、ゆ、き……」

途切れ途切れに、二人の名を呼んだ。

「留美、さん……留美さん!!」

ナユキは弾《はじ》かれるようにコクピットを飛び出していった。アルツもそれに続く。

そして今まさに、留美《るみ》へ抱きつこうとしていたナユキの動きが——ぴたりと止まった。

留美の身体《からだ》が細かな雪の結晶へと変わり、風に乗ってさらさらと流れていたのだ。

「あ……」

凍りついたようなナユキが、声にならないつぶやきをもらした。

すると留美は、頰《ほお》をぽりぽりとかきながら、照れたように笑った。

「ありがとう。わたしを止めてくれて。……みんなには、迷惑かけちゃったね。もう一度、ナユキに会いたいっていう未練が、《やつら》に利用されちゃったみたい」

「利用された？　それは、どういうことだ？　XENO《ゼノ》に知能はないはず……!?」

「それは……」

言いかけて、留美は首を振った。

「ごめん。時間切れみたい。でも、成長したアルツにも会えて、よかった。アルツにならゼノイドのこともナユキのことも、そしてこの冬世界も……みんなみんな託せるって、わかったから。安心して眠れるよ」

そしてにっこりと笑うと、今にも消えそうな手で、人差し指と中指を立てた。

「きっと大丈夫。アルツとナユキ、それに仲間たちがいれば、なんとかなるなる——」

それが最後の言葉だった。留美はダイヤモンド・ダストの輝きをまとって消えた。

その光景を目にしたナユキは、雪の上にぺたんと座り込む。小さく丸まった背中。声をかけるべきか、アルツは逡巡《しゅんじゅん》する。以前はそれで彼女を傷つけてしまった。

——だが、もう逃げないと決めたのだ。アルツが意を決した、その瞬間。

「留美さんの、ばか————っ!!」

しゃんと背筋を伸ばしたナユキの大音声が響き渡った。

「一方的に言いたいこと言って、勝手に消えるな!!　それに、アルツアルツって……あたしだって、この世界ぐらい救ってみせるわよ!!」

そして力強く立ち上がり、腕で顔をぬぐってから空を見上げた。

青空はすでに塞《ふさ》がりつつあり、はらはらと雪が舞い降り始めている。そのわずかな隙間《すきま》へ向けて、ナユキは言葉を紡ぐ。

「……だから、天国で見守ってて。あたしたちが世界を救うところを」

アルツもまた、ナユキの視線を追うように、空を見上げる。

「てんごく？　それはなんだ？」

「死んでしまった人が行くって言われてるところよ。まぁ実際には、そんなものないってわかってるんだけど……それでも、ね」

ないとわかっていても、あると思う。

それは願いなのだと理解した。ナユキにならい、アルツも言葉を投げかける。

「あなたの命と希望は、俺《おれ》が受け取った。だから、安心してくれ」

それが天に届くと同時に、青空は消えた。儚《はかな》い夏世界の残滓《ざんし》だった。

だが二人の表情は暗雲の色とは対照的に、一点の曇りもなく晴れ晴れとしていた。

※　※　※

激戦の様子を、クーラは機体のモニターで見ていた。

「ゼストマーグが進化した、ということか……。おそらく、アルツ君の力だな」

そして、仮面越しでも笑みとはっきりわかるほど、口元をにやりと歪《ゆが》ませる。

「やはり、彼が《そう》だったか。さて、リヒトとリュミエールが遺《のこ》したこの希望、私の計画を成就させる福音《ふくいん》となるか。それとも、大いなる障害となるか。見極めねばならんな」

意味深な言葉は誰《だれ》の耳にも届くことはなく、狭いコクピットの中で消えたのだった。

終章

# Chapter: ep

Xestmarg of silver snow

戦いを終《お》え、ノア機関に凱旋《がいせん》したアルツたちを、リィザが出迎えた。

ミーネはアルツの背に隠れ、顔を出すタイミングをうかがっていたが——。

「あ……」

それよりも早く、リィザがミーネを抱きしめていた。

「あ、あの……リィザ、さん……？」

「……なにも仰《おつしや》らなくて、けっこうです。あなたが無事で……本当によかった……！」

「わ、わたしも……リィザさんが無事で、それだけで……！」

抱き合いながら嗚咽をもらす二人。

アルツはその様子に、心がなにかで満たされていくのを感じていた。

——この光景を見れて、本当によかった。そう思いながら。

「ほら、アルツはこっち。こういうときは、二人きりにしてあげるもんよ」

ナユキが近づいてきて、アルツの服を引っ張った。そして、ゼストマーグの足元で待つリステルのところまで連れて行く。

あのあと、ゼストマーグの装甲は輝きを失い、白い機体となった。それだけではなく、アルツの髪も元の緑色に戻っていた。

ナユキは説明を求めてきたが、どういう理屈でゼストマーグが変化したのかは、アルツ自身にもわからない。代わりに、知っている限りの情報——留美《るみ》と自分の関係を、あらためてナユキに説明したのだった。

「しかし、やっぱり信じらんないわ。あんたが留美さんの息子だなんて。だって留美さん、あたしと三歳しかちがわないのに。その子供があたしと同年代……浦島太郎の気分よ」

「ウラシマタロウ？　なんだ、それは。夏世界の食べ物か？」

「食べられないわよ！　昔話よ、昔話！」

アルツは首を傾《かし》げる。ナユキはあきらめたように、「もういいわ……」と、ため息をつく。

そして、戻ってきたアルツにぴったりと寄り添うリステルに、視線を向けた。

「それじゃ、あんたたちは血のつながりないのよね……？　なら、そうやってべたべたするのって、どうなの？」

「なぜだい？　僕にとって、兄さんは兄さんだよ。それ以外の何者でもない」

リステルは表情一つ変えず断言する。これにはナユキも返す言葉がなかったようだ。

「あんたがいいなら、いいんだけどね……。でも、なんなのかしら。この胸の中にある、もにょもにょとしたものは……？」

ナユキは腕を組んで、首をひねり始めた。

そのとき、リィザとの仲直りを終えたミーネが戻ってきて、異変に気付いた。

「あの、ナユキさん。これって、もしかして……？」

雪が消え、むき出しとなった地面にしゃがんで、なにかを指差している。

そこには緑色をしたなにかが、土から生えていた。

「ウソ……!?　植物の芽じゃないの!!」

「植物？　それは夏世界に存在していたという、あれか？」

アルツの質問に、ナユキは驚愕《きょうがく》の表情で首肯する。

「そうよ。……でも、イデアで植物が活性化するなんて、聞いたことないわ。ゼストが変化したときの、白いイデアの光……。あれが関係してるのかしら」

「その可能性はあるだろう。イデアは、ゼノイドの心も溶かす」

アルツはそう言って、周囲に目を向けた。

ヒューマノイド級の支配から解放され、機体から下りたゼノイドたちが、アルツたちと同じように、地面と植物を物珍しそうに眺めていたのだ。

「見たことのない物に興味を持つ——ゼノイドはそんなことを行わない。彼らは、感情に目覚めはじめているんだ」

「確かに、ね……。あたしたちのイデアは、この世界を変える……。ううん。その気がなくても、変えてしまうのね」

「感情に目覚めるゼノイドは、これからさらに増えていくだろう。俺《おれ》は——俺たちは、彼らを守らなくてはいけない。感情を持ってしまったためにXENO《ゼノ》と戦う術《すべ》を失い、要塞《ようさい》都市に居場所がなくなる彼らを」

それはすなわち、XENOとも、ゾット司令とも衝突するということだ。

おそらく困難な道だろう。だが、ナユキはそんな不安を吹き飛ばすように笑顔を見せる。

「……そっか。がんばらないとね。留美《るみ》さんとの約束のためにも」

「だが、俺たちは一人じゃない。こんなにも頼もしい仲間たちがいる」

するといると、不意にナユキが胸に手を当てて。

「この心と、守るべき人々に誓う！　絶望を希望に変え、未来をあきらめないことを！」

突然の宣言を行った。

アルツたちが呆然《ぼうぜん》としていると、ナユキは照れくさそうに視線を逸《そ》らす。

「……る、留美さんとあたしがね。出撃前に、いつもやってたのよ。気合を入れるために」

「なるほど。仲間同士による、決意の再確認か。……よし、俺たちもやろう」

アルツの呼びかけに応じて、ミーネとリステルがうなずく。

その光景に、ナユキは「ええっ!?」と慌てた。

「ちょっと！　なんであんたが仕切るのよ!?　言い出したのは、あたしなのに!!」

「残念だけど、僕は兄さんの命令しか聞かないよ」

「え、えっと……。わたしも、アルツさんがいいと思います。今のゼストマーグさんは、アルツさんがいないと最大の力を発揮できないわけですし」

リステルとミーネの指摘を受け、ナユキはぎろりとアルツをにらんだ。

「……まったく。あたしのゼストを、好き勝手にいじくってくれちゃって」

「す、すまない。だが、あのときは――」

「別にいいわよ。今のは、言ってみただけ。……あんたには感謝してるわ」

そして、すっと手を差し出した。

「さぁ、あんたたちも、手を出して」

彼女の申し出に、アルツたちは顔を見合わせてうなずき、順々に手を重ねた。

「ナユキ！　ミーネ！　リステル！　この冬世界を救うために、改めて力を貸してくれ！」

「オッケー！　留美《るみ》さんとの約束、必ず守るわよ！」

「わ、わたしも、誰《だれ》かの命を守るために、がんばります！」

「兄さんの敵を倒すため、僕も全力を尽くすよ！」

アルツは力強く答えてくれた仲間たちの顔を見回し、唱和の号令をかける。

「みんな、感謝する！　いくぞ！」

『この心と、守るべき人々に誓う！　絶望を希望に変え、未来をあきらめないことを！』

救世兵器・ゼストマーグ。

その魂である彼ら四人の手により、世界を救う戦いの幕が、今まさに切って落とされた。

# あとがき

はじめまして。天埜冬景《あまのとうけい》です。

本作の内容を一言で申し上げるなら――『熱血巨大ロボットＳＦ』になるでしょうか。

幼いころから夢中で見ていたロボットアニメ。残念ながら、今では下火になってしまいましたが……それでも、巨大ロボットもの特有の熱いドラマは不変だと信じ、原稿に叩《たた》きつけました。その結果、第８回新人賞にて《最優秀賞》という、身に余るようなありがたい賞をいただくことができてしまいました。

ですがこれは、自分一人の力とは思っていません。偉大な先人たちが築き上げてきた歴史があってこそです。自分はそれを受け継いだにすぎません。

……しかし、もしもこの本を読んでくださったあなたが、おもしろかったと思ってくれたならば――ああ、自分も先人たちの末席に加わることができたのだな、と、少しだけ胸を張ることができそうです。


では、そろそろ謝辞を。

担当の瀧口《たきぐち》様、武石《たけいし》様。設定考証やストーリーラインの修正等、多岐に渡りお世話になりました。これからもいっしょに、熱い話を考えていきましょう！

イラストレーターの黒銀《くろぎん》様には、無茶《むちゃ》のあった機体ギミックを洗練していただき、大変お世話になりました。自分の考えたロボットが絵になったときの感動は、とても言葉にできません。次もカッコいいデザインを期待してます！

また、本作を最優秀賞に選んでいただいた、審査員の先生方。さらに、編集長や編集部のみなさま。この本の出版に携わっていただいた、すべての方へ感謝を。

最後に、学生時代に鍛えていただいた、講師の先生方。長い時間がかかってしまいましたが、どうにかデビューできました。先生方の教えを胸に、より一層がんばります。

そして、友人にして先輩作家の、田代裕彦《たしろひろひこ》先生。同じく学生時代からの友人たち。中でも必殺技名のアイディア出し等、様々な後方支援をしてくれたAリサ嬢。本当にありがとう。ゼストマーグが一人では動かせないように、みんなの応援と助力がなければ、長い投《とう》稿《こう》生活を戦い抜くことは絶対にできなかったよ。

さて、ロボットものと言えば、やはり次回予告。

第2巻の内容は――『サービス、サービスゥ！』で、『全員まとめて、発進！』な感じになると思います。ご期待ください！

天埜　冬景

# ゼストマーグ



**正式名称:** AM(アサルト・マリオネット)-001「ゼストマーグ」
**全　高　:** 20m
**重　量　:** 70t
**動力機関:** 単発式精神波増幅加速器(シングル・イデア・アクセラレーター)
**装甲材質:** イデア焼結錬鉄合金
**主 武 装:** ディヴァイン・ブラスター、アポカリプス・フレア

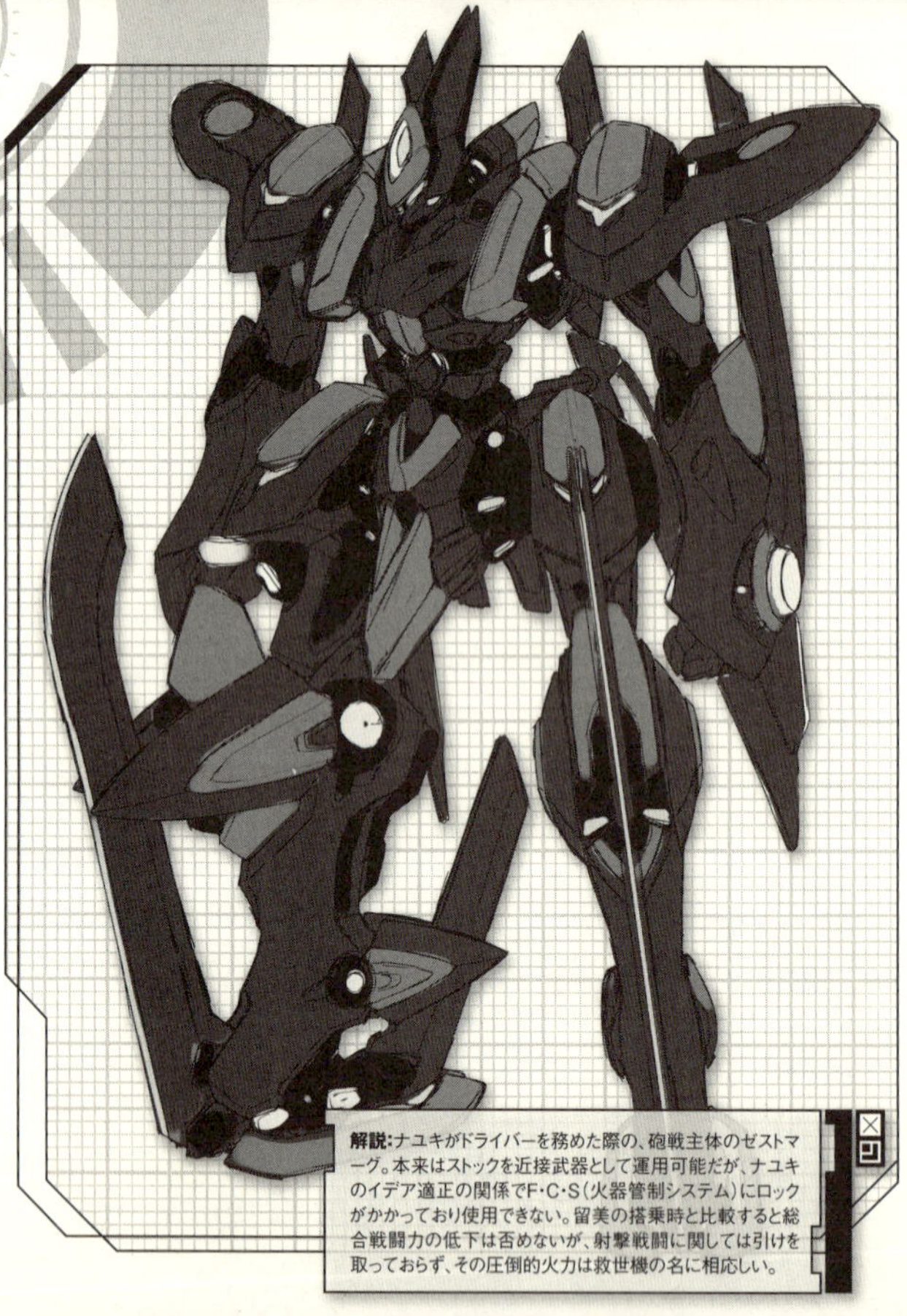

**解説:** ナユキがドライバーを務めた際の、砲戦主体のゼストマーグ。本来はストックを近接武器として運用可能だが、ナユキのイデア適正の関係でF・C・S(火器管制システム)にロックがかかっており使用できない。留美の搭乗時と比較すると総合戦闘力の低下は否めないが、射撃戦闘に関しては引けを取っておらず、その圧倒的火力は救世機の名に相応しい。

# ゼストマーグ（白銀新生後）



**正式名称:** AM（アサルト・マリオネット）-001改「ゼストマーグ　Spec-A」
**全　高　:** 20m
**重　量　:** 80t
**動力機関:** 三連装精神波増幅加速器（トリニティ・イデア・アクセラレーター）
**装甲材質:** イデア焼結超硬錬鉄合金
**主 武 装:** ケイオス・セイヴァー、プロテクト・イージス、インフィニティ・メサイア・カノン

**解説:**アルツの願いを受け新生したゼストマーグ。ナユキたち三人の力を自在に引き出すことが可能で、全域の戦闘に対応。メサイア・カノンも常時使用できるようになった。また、装甲材質も強化されており、重量が増している。その戦闘力は留美の搭乗時に勝るとも劣らない、まさに新世代の救世機である。

Mechanical files

## ゲマルガルド

**正式名称:** iX(イクス)理論実験試作7号機
「ゲマルガルド」
**全　高 :** 16m
**重　量 :** 32t
**動力機関:** 人工筋肉＋限定式精神波
増幅加速器
(リミテッド・イデア・
アクセラレーター)
**装甲材質:** 圧雪硬化パネル複合体＋$\alpha$
**主 武 装:** ゼノ・トランサーから転用した
各種近接武装

**解説:** 夏世界の技術を知ったクーラが、ゼノ・トランサーを元に改造した機体。構成素材の雪がイデアで溶けないよう、金属的なコーティングが施されているが、その素材は不明。イデアとX結晶の連動を実現させたiX(イクス)理論も、個人で完成させるのは不可能なほど高度な技術であり、謎の多い機体と言える。

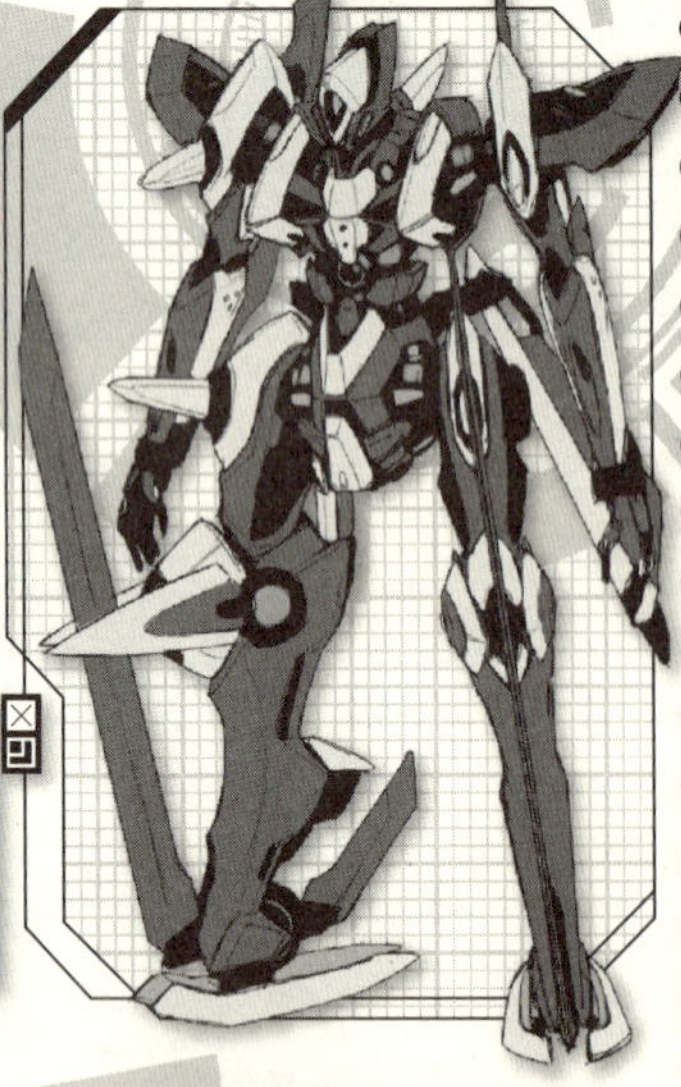

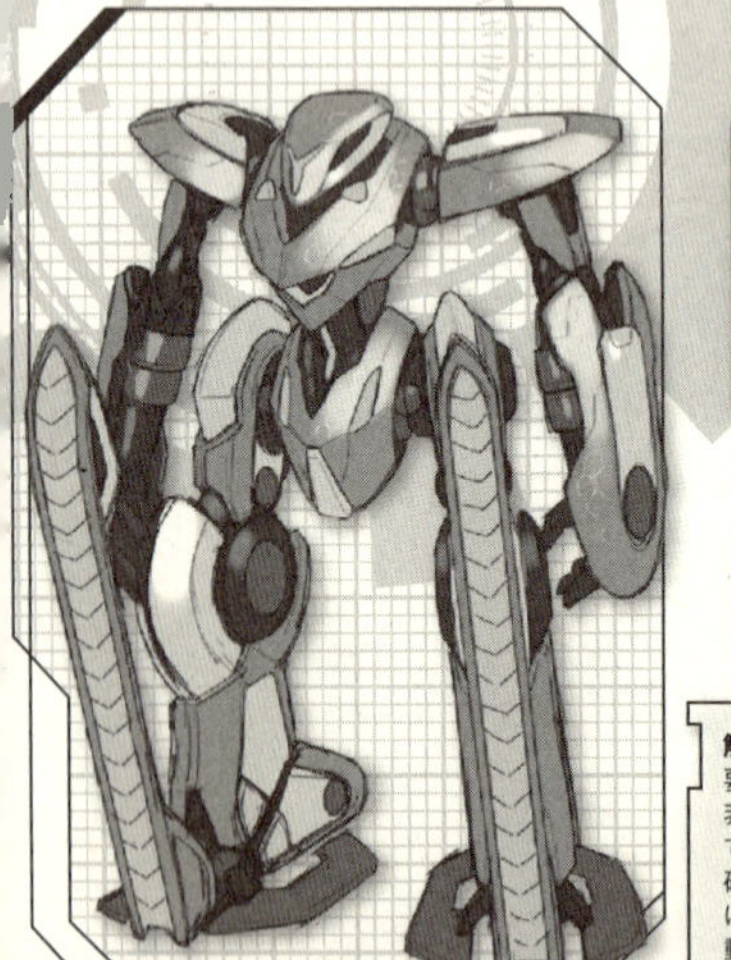

Mechanical files

## ゼノ・トランサー

**正式名称:** 第13世代型
対XENO用可変汎用兵器
**全　高 :** 12m
**重　量 :** 15t
**動力機関:** X結晶制御式人工筋肉
**装甲材質:** 圧雪硬化パネル複合体
**主 武 装:** ストック・マニューバ
**オプション装備:** 大出力空圧狙撃ライフル、
超高密度圧縮結晶ブレード

**解説:** 長い年月をかけて改修が繰り返されてきた、要塞都市の主力兵器。構成素材が雪であるため非常に軽量で、低出力でも充分な運動性を発揮できるのが利点。当初は脚部と銃座だけの移動砲台と呼ぶべき代物だったが、第5世代から人型になり、さらに第9世代で変形機構を取り入れ、機動兵器として完成の域に達した。